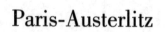
Paris-Austerlitz

Rafael Chirbes

Paris-Austerlitz

EDITORIAL ANAGRAMA

BARCELONA

Ilustración: foto © Georges Azenstarck / Roger-Viollet

Primera edición: enero 2016

Diseño de la colección: Julio Vivas y Estudio A

© Herederos de Rafael Chirbes, 2016

© EDITORIAL ANAGRAMA, S. A., 2016
Pedró de la Creu, 58
08034 Barcelona

ISBN: 978-84-339-9802-6
Depósito Legal: B. 27034-2015

Printed in Spain

Liberdúplex, S. L. U., ctra. BV 2249, km 7,4 - Polígono Torrentfondo
08791 Sant Llorenç d'Hortons

Bromeaba, le tomaba el pelo, me reía mientras caminábamos por el sendero de grava. Se prestaba al juego. Colaboraba buscando alguna anécdota divertida que hubiéramos compartido. Se le animaban los cortos pasos de viejo. Las tardes en que me acerqué a verlo al Hôpital Saint-Louis parecía que cicatrizaba la herida que habían dejado nuestros desencuentros *(maintenant, on s'aime comme des bons amis)*, y que incluso quedaba en suspenso la enfermedad. Un halo inocuo flotaba entre los rayos del sol de invierno del que habíamos disfrutado sentados en un banco del jardín. Pero cuando llegaba el momento de la despedida, se plantaba inmóvil ante la puerta y fijaba en el vacío aquellos ojos amarillentos que se le encharcaban, los dos sabíamos que la tregua había concluido: ni el mal renunciaba a su trabajo, ni mis visitas le producían

7

consuelo. Lo decía su amiga Jeanine: sufre cuando te ve, le traes los recuerdos, echas sal en la llaga. Me marchaba de allí sin volver la cabeza y buscaba alguno de los bares de République para tomarme un par de calvados.

I

De noche, ya tarde, acudía al bar de los marroquíes. Lo había frecuentado con él. Pero ahora Michel no estaba entre los escasos clientes que seguían bebiendo a aquellas horas. Se había mudado a una ciudad paralela. Desde la cocina de mi casa, veía el patio mal iluminado, y, al fondo, hundida en sombras, la ventana del cuarto que habíamos compartido. Procuraba no pensar en él, metido a aquellas horas en la habitación del hospital, la vía intravenosa perforándole el dorso de la mano, la mascarilla tapándole la cara. A pesar de los sedantes que le suministraban –o a causa de ellos– tenía pesadillas. Decía que lo ataban a la cama y le obligaban a contemplar cosas espantosas en una pantalla que le colocaban por las noches en la habitación. Sufría alucinaciones. Qué podían proyectarle, si al mismo tiempo se quejaba de que apenas veía, aunque yo nunca he dejado de sospechar que haya habido alguna verdad en lo de que lo ataban. Imagino que –sobre todo al principio– no ha debido de ser fácil controlar sus accesos de furor; además, muchos sanitarios tratan a los enfermos de la plaga con una mezcla de asco, crueldad y desprecio. A todos nos desquicia el misterioso comportamiento del mal, su ferocidad. A todos nos asusta.

No me dirigía nadie la palabra, a pesar de mis esfuerzos por entablar conversación. Me miraban con desconfianza, quizá porque, aunque cuando acudía allí iba vestido con pantalón vaquero, chupa de cuero o anorak, durante el día me veían recorrer la calle de vuelta del trabajo o guardar cola en la panadería o ante el puesto de verduras cubierto con un riguroso abrigo de paño azul, chaqueta y corbata; un tipo que hablaba un francés aprendido en el Lycée français de Madrid, con apoyo de profesores nativos de pago, y perfeccionado en colegios de Burdeos y Lausanne, no tenía que hacerles mucha gracia que pisara el bar. Estaban convencidos de que yo era un policía del departamento de estupefacientes, o de la brigada de inmigración; un curioso que quería meter las narices para oler la porquería dondequiera que la tuviesen guardada; en el mejor de los casos, un periodista o algo así, alguien que poco tenía que ver con su mundo, o –peor aún– que pertenecía a un mundo que peleaba contra el suyo. En aquel bar, discreto, esquinado, que pasaba desapercibido para la mayoría de la gente del barrio por encontrarse en un pequeño pasadizo lateral, se traficaba, se consumía, se compraba y vendía cocaína y hachís, carne humana de todos los sexos y edades y mano de obra en todos los estadios de la ilegalidad. Por fuerza tenían que preguntarse qué hacía un tipo como yo recorriendo los oscuros laberintos en los que se extraviaba Michel los últimos meses. El chico bien vestido que acompaña al obrero borracho Michel. Que se folla al borracho Michel. Que seguramente le paga porque es un rico vicioso que se excita con los marginados. Los hay. Olisquean en los túneles del metro, en los muelles del río. Buena parte del santoral católico se nutre de ese tipo de pervertidos. Que te excite la pobreza ajena, descubrir un rescoldo de la energía subyacente donde se ha consumado la derrota y querer sorberlo, apropiarse de ese fulgor: una caridad corrompida. Aunque imagino que para los del bar el razonamiento era bastante más fácil: el soplón que se pega a Michel para espiarnos a nosotros.

11

Habían presenciado las veces que lo agarraba por el codo y me lo llevaba poco menos que a rastras porque se caía y les decía impertinencias a clientes y camareros. Sin embargo, a él nunca lo miraban con desconfianza, le soportaban las borracheras, respondían a sus imprecaciones con bromas y frases de doble sentido, qué te pasa, Michel, ¿necesitas un puntazo esta noche? Ven, ven aquí, conozco a un bombero, ven, te lo presento, y Michel se reía, y le daba una palmada en el cogote al gracioso, y dos besos, y el tipo se iba con él a cualquier parte. Otras veces el dueño, o los camareros, lo dejaban acodado a una mesa después del cierre, borracho o dormido, y los clientes lo despertaban, lo invitaban a irse con ellos a seguir tomando copas —o lo que fuera— en otro sitio, a perderse entre las sombras del Bois, o en casa de alguien. Creo que, en el mundo de la noche, existe un respeto —incluso cierta admiración— por el hombre maduro que trasnocha, liga y toma drogas y alcohol como si siguiera teniendo veinte años. Lo que viniendo de cualquier otro les hubiera irritado, los hubiera llevado a intervenir con dureza o incluso con violencia, se lo toleraban a él. Quien no lo conociera podía pensar que formaba parte del grupo de matones; que era uno de los que se ganaban una copa suplementaria por coger de los hombros y arrastrar hasta la puerta de salida al imbécil que se ponía impertinente con el camarero, o con su vecino de barra. A su edad, seguía siendo un tipo corpulento que transmitía más sensación de fuerza que de decadencia. Pero Michel no formaba parte del grupo de matones. Los despreciaba. Se movía al margen, lo saludaban con algo parecido al respeto, pero pasaba entre ellos como pasaba a través de las paredes aquel personaje del cine francés de los años cincuenta que se llamaba Garou-Garou. Ni siquiera gozaba de un estatuto especial –carne poderosa, temida o deseada, algo así– como en algún momento pude llegar a pensar, imagino que espoleado por los celos. Sólo que Michel no era rico ni confidente de la policía ni periodista: era uno de ellos. Cada uno sabe dónde está el otro y a qué se dedica, me decía las primeras veces que me llevó allí, al poco tiempo de conocernos. A ti te parece poco elegante el ambiente, y hasta peligroso, je, te acojonas, *louche,* lo llamas, y se reía: *Monsieur ne les trouve pas a la hauteur,* pero es mi mundo. De uno que es como tú no temes nada, ni abusas, sabes protegerte de él, y en cierto modo lo proteges: te lo tiras y ya está.

Y, sin embargo, nadie me preguntó por él cuando dejó de acudir. Estuvo con nosotros y ya no aparece: en una frase de ese estilo podía resumirse la idea (digámoslo así) de aquellos indiferentes lotófagos. Vincennes es en apariencia un tranquilo barrio ocupado por obreros acomodados, vecinos de tercera o cuarta generación, jubilados que consumen los réditos de decenas de miles de horas de vida laboral; y, en lo alto de la pirámide, una burguesía que se supone asentada, y a cuyos atildados miembros –orondo señor con sombrero blando y pajarita, imponente matrona o *petite vieille recroquevillée,* vestida de Dior y maquillada con Chanel (o al revés)– saludan pomposamente panaderos, verduleros, queseros y empleados de banca. Aunque si uno conoce el barrio como yo he llegado a conocerlo durante estos meses pasados, descubre discretamente ocultas no pocas zonas de sombra: bolsas de miseria concentradas en desvanes y patios que un día fueron almacenes, cuadras y talleres, y cuyas dependencias han sido habilitadas como dudosas viviendas en las que se aprietan familias asiáticas o norteafricanas, jubilados en situación de quiebra que se ven en apuros para pagar la calefacción, gente en el filo, tipos a quienes las sombras se tragan sin que nadie los eche de menos. Michel: *Paris c'est*

14

comme ça, chacun pour soi. La gente en fuga hacia arriba constituye la excepción: los que ascienden en la escala social y se mudan a zonas de la ciudad mejor consideradas, conjuntos residenciales del oeste, apartamentos rehabilitados en los distritos del centro. Algunos hay, no digo yo que no (estuve a punto de ser uno de ésos), pero la mayoría de los desaparecidos son tipos en caída libre, desalojados de tabucos sin ventanas o con ventana única a patio interior y retrete común en el descansillo de la escalera, que se pierden en algún lugar miserable de la *banlieue,* o en los pasadizos del metro. Así, ventana única en húmedo patio interior y retrete común en el descansillo, era la vivienda de Michel. Aunque no, exagero un poco, no era tan patético el apartamento, es verdad que el retrete estaba en el descansillo, pero era de uso individual, la escalera no llevaba a ninguna otra vivienda: en aquella especie de hangar trasero, por encima sólo quedaba el tejado, en invierno placa frigorífica y en verano parrilla. De noche, desde la parte trasera de mi casa, podía ver –sombra negra, ojo cegado– la ventana de su habitación. Antes de ingresar en el hospital de modo permanente (hubo tres o cuatro internamientos previos, para tratarle la neumonía) me había dejado una llave y las primeras

15

semanas que estuvo hospitalizado yo entraba otra vez en aquel cuarto para regar las plantas, recoger alguna prenda que me solicitaba, y la correspondencia: recibos, propaganda, extractos bancarios.

Por entonces yo había empezado a padecer insomnios. Notaba hormigueos en brazos y piernas, picores, y cierta noche, al desnudarme para meterme en la cama, descubrí que tenía el pecho y los brazos cubiertos por unas manchas rosadas. Pensé que Michel me había contagiado la enfermedad. Me resultaba especialmente angustioso el momento en que iba a acostarme, cuando, a solas en la habitación, a medida que me desnudaba aparecían a la vista las manchas en la piel. Ante el espejo del baño, me fijaba en las que brotaban en el pecho, y luego giraba la mitad superior del cuerpo y, en ese escorzo, intentaba ver las que ocupaban la espalda. No me atrevía a acudir a un médico, y ni siquiera sabía a quién podía preguntarle, sin levantar sospechas, si existía algún laboratorio en el que pudieran hacerme las pruebas y donde no quedase ninguna constancia. No confiaba ni confío en la discreción ni en el secreto médico. Se habla de inscribir a los enfermos en ciertos ficheros. Las manchas rosadas se llenaban de pequeñas pústulas que estallaban en pegajosas gotas de pus.

16

Esos días ni siquiera fui a visitarlo. No quería saber de él. En mi estado obsesivo, me parecía ver sus labios doblándose en una sonrisa irónica, su voz diciéndome: te he capturado, y la boca que imaginaba pronunciando esas palabras adquiría valores palpables, se volvía carnosa, real, y se convertía por las noches en una imagen de cuento de terror. Te llevo conmigo, me repetía la boca de Michel en sueños. Sus dedos se aferraban a mis hombros y tiraban de mí, y yo me despertaba sudoroso, manoteando para apartar aquel fantasma. *Je t'ai.* Te tengo. Me enfurecía con él cada vez que me volvía el recuerdo de las palabras con las que, después de separarnos, presumió de no tomar precauciones. Se burlaba de mí. Presumía de que él arriesgaba porque tenía poco que perder *(je m'en fous, je n'ai à perdre que de la merde, je suis un ouvrier, le passé sur mon dos, peu des gaietés, toi, tu as ton futur à toi)* y me echaba en cara que yo nunca me hubiese entregado a él de verdad. Siempre con prevenciones, con sospecha, no sabes lo que es querer a alguien, me recriminó. Se expresaba con una mezcla de altivez y de mendicidad sentimental. Pero tenía razón: yo me protejo, aún no he cumplido los treinta años, y, además, en aquellos días me pareció que estaba empezando a ver el fruto de

17

mi trabajo, atisbaba ese momento en que el esfuerzo prolongado en el tiempo cobra forma y comienza a cristalizar. Había encontrado un puesto como dibujante en Cormal, la empresa de muebles y decoración. Nada grandioso, pero yo creí que abría un camino. Además, con la renta que recibía de Madrid, tenía dinero de sobra para vivir. Por encima de todo, preparaba mi exposición.

En ningún momento pensé que pudiera ser yo quien lo hubiese infectado a él. En realidad, veía la infección como fruto de su actitud ante las cosas. Pensaba: el mal te arrastra si te dejas llevar, si te entregas. Eso es lo que yo pensaba. Y me irritaba la mansedumbre con la que él se había dejado prender, las facilidades que le había brindado a la enfermedad. Me parecía que no había opuesto resistencia: y, al decir eso, no me refiero sólo a poner medios físicos para librarte, usar preservativos y cosas así. Por aquellos días, no me quitaba de la cabeza la idea de que, en el fondo, el mal era expresión de una falta de ambición, e incluso de ausencia de orgullo. A Michel lo he juzgado con dureza: un tipo cuyas aspiraciones habían sido llegar a la jubilación en el mismo puesto de trabajo; que el sueldo alcanzara a fin de mes y diese para ir de paseo con el amigo los fines de semana, callejear por la ciudad con la excusa de encontrar algo necesario para la caja de herramientas, meterse en algún parque, incluso trasladarnos en tren a alguno de esos lugares de costa no demasiado alejados de París para tomar unas cuantas copas, cambiando (un sábado o un domingo cada dos o tres meses) el decorado; acudir al cine, a algún club de alterne, cenar en casa de Jeanine o de su amigo M.; escaparnos un mes al año (este verano no podemos, pero el que viene vamos a hacerlo) a algún lugar supuestamente exótico (México, Indonesia, Perú), como hacía su amiga Jeanine, que trabajaba en una agencia de viajes y podía conseguirnos ofertas baratas; y bebernos juntos –durante ese mes y los once siguientes– todo el ricard o –fuera de París– el pisco o el tequila que los cuerpos admitieran; beber entre risas, roces y declaraciones de amor, más encendidas a medida que crece el nivel de alcohol, o si nos hemos dejado tentar por una raya, al volver a casa ponernos a follar durante horas enteras, o más probablemente revolcarnos sobre la cama intentándolo hasta que nos quedamos dormidos porque los cuerpos no dan más de sí tras la intoxicación.

Lo peor era que me había arrastrado a esa rutina sin objetivo, mero girar uno en torno del

19

otro, devorándonos cada vez con menos apetito. Durante meses he llegado a creerme que mi ideal de vida coincidía con el suyo: envejecer juntos chapoteando en el pequeño estanque de los hábitos; digamos que él envejecería veintitantos años y varios miles de copas antes que yo, lo que suponía que, en nuestro pacto, yo mostraba la disposición de cuidarlo hasta el último aliento. Juro que acepté ese pacto, y que gocé de él, aunque no niego que, con el paso de los meses, mi punto de vista sobre su mundo –o, mejor dicho, la perspectiva sobre nosotros y nuestro mundo– se modificó sustancialmente: empecé a ver a Michel como a un ser atrapado que pretendía meterme con él en una jaula. Cuando, tendido en la cama del hospital, alargaba la mano para tocarme y me miraba con ansia, aún me parecía descubrir en él la descabellada aspiración que leemos en los cuentos de terror, en las novelas románticas y en las fantasmagorías que les gustaban a los surrealistas: deseo de amor que perdura más allá de la muerte.

Dejé de visitarlo durante unos cuantos días. No me sentía con fuerzas para levantarle los ánimos a quien, al fin y al cabo, ya había recorrido más de la mitad del calvario que estaba convencido de que me tocaría a mí emprender en cuanto recibiese el resultado de las pruebas. En mis pesadillas, soñaba que las manchas crecían, se infectaban, se convertían en llagas que no podía disimular ante los compañeros de trabajo en Cormal; me preocupaba en mis insomnios la progresiva delgadez. Aún faltaban meses para el *vernissage*. Para entonces, los síntomas del mal ya no podrían ocultarse. Había visto fotos del sarcoma de Kaposi en las revistas durante meses, y ahora lo conocía en directo: podía verlo en varios de los pacientes con los que nos cruzábamos cuando caminábamos por el pasillo; en el fantasmal pelotón de cuerpos que yacían tendidos en las camas de las habitaciones contiguas a la de Michel, o en las dos que, en su misma habitación, habían cambiado en pocas semanas tres o cuatro veces de ocupante (el que estaba el último día que viniste ha tenido suerte, lo ha pillado un virus diligente que lo ha liquidado en un par de semanas, decía Michel. Hablaba de los virus como los torturados en comisaría hablan del policía bueno y el policía malo). Yo no quería pertenecer al ejército de las víctimas, ni siquiera como acompañante (las soldaderas de Pancho Villa subidas en destartalados vagones de mercancías, o Marlene Dietrich cruzando el desierto tras su legionario de clavel en la oreja en *Morocco*). Miraba con cierto desdén al amigo del último enfermo que compartía habitación con Michel, un muchacho joven que, al parecer, pasaba las noches con la mano cogida a la de un tipo esquelético que apenas alcanzaba a respirar. A todas horas lo besaba en la boca, lo acariciaba, y en cuanto el otro recuperaba la conciencia, le hablaba sin parar y sin dejar de acariciarlo. No me resultaba simpática la actitud del muchacho. Yo alimentaba contra Michel más bien animosidad. Creo que lo he dicho. Los enfermos en diversos estadios de acabamiento me servían como retratos sucesivos de mí mismo, algo así como esas series de fotos de Muybridge que disgregan los distintos momentos en que se va encarnando una acción. Cualquiera de ellos, y todos ellos, iba a ser yo en poco tiempo.

Cambió mi relación con la ciudad que, hasta poco antes, me pareció bella –ah, ninguna en el mundo como París–, y de la que había esperado tantas cosas. Como en esas escrituras trazadas con tinta simpática que se revelan por efecto de un reactivo, ahora no podía moverme por París sin que se me apareciese una ciudad paralela, que para buena parte de sus habitantes y para los turistas resulta invisible, laberinto de comisarías, juzgados, instituciones de caridad, hospitales públicos y morgues (sin contar las hectáreas de cementerios y los kilómetros de cloacas y catacumbas que horadan el subsuelo). Detectaba por todas partes los depósitos del dolor y la miseria humana. Por las noches me asaltaba una pesadilla recurrente: en ella aparecía el escaparate de una tienda situada junto a la rue de Saint-Martin, donde estuvo el viejo mercado de la carne, y que, bajo la centenaria enseña *Animaux Nuisibles,* vendía venenos para las alimañas y mostraba como reclamo secos cadáveres de ratas cazadas en el desaparecido mercado de Les Halles no sé si a principios de este siglo o a finales del pasado. Cuando pasábamos por delante, Michel y yo nos deteníamos y bromeábamos (sabía que las ratas me producen un asco incontrolable y se burlaba de mí), pero ahora, si alguna vez me veía obligado a cruzar por allí, cambiaba de acera, aceleraba el paso y volvía la vista asustado, porque, en la pesadilla que me desquiciaba por las noches, aquel escaparate había pasado de ser una especie de entrañable monumento al *kitsch* a convertirse en enseña de lo siniestro que me aguardaba. A través de él se abría una de las puertas de acceso a la sombría ciudad paralela a la que alguien me había arrastrado. Me despertaba del sueño braceando: las ratas acartonadas me cercaban, habían empezado a morderme, y me enloquecían con sus chillidos y con el ruido de sus patas. Eran miles y estaban a la vez vivas y muertas.

Me acostumbré a tomar comprimidos para dormir y los mezclaba con alcohol sin alcanzar el propósito de aturdirme: en cuanto cerraba los ojos, me asaltaban imágenes siniestras; revivía especialmente una escena que contemplamos juntos unos meses antes y ahora me parecía una premonición. Habíamos ido a cenar con sus colegas M. y F., que vivían cerca de la place Blanche (Michel y yo educados, simpáticos a pesar de nuestra separación, *maintenant comme des bons amis*). La vivienda estaba situada en el cuarto piso de un destartalado edificio. El administrador nos ha rebajado el alquiler porque somos los únicos franceses que quedamos en la finca, y eso ayuda a que no se hunda del todo el caché del conjunto, nos habían comentado nuestros amigos. Jamás funcionaba el ascensor y había que subir fatigosamente aquellas empinadas escaleras que unían pisos de techos elevados. Cuando uno llega arriba, se le han quitado las ganas de cenar, bromeaba en cada ocasión Michel.

No recuerdo nada especial de la velada –imagino que, como otras veces en ese mismo saloncito, habría aperitivos tropicales, y cuscús, o dim sum traído de algún *take-away* asiático–, pero no he podido olvidar lo que ocurrió en cuanto salimos del apartamento y pisamos el descan-

24

sillo. Enseguida nos extrañó el ruido que, desde el portal, ascendía por el hueco de la escalera. Voces broncas, autoritarias, se contrapunteaban con pesados golpes que hacían retumbar las planchas de madera de los escalones con lo que parecían pisadas de un ejército de gigantes. Bajamos con cierto temor de lo que pudiera aguardarnos al llegar al portal y, ya antes de alcanzar el penúltimo descansillo, descubrimos allí abajo un grupo de gente en el que se mezclaban bomberos y policías uniformados (de las gruesas botas de unos y otros procedían los que nos habían parecido pasos de gigantes). Junto a ellos, un tipo enfundado en una gabardina beige y otro cubierto con un abrigo azul oscuro y sombrero flexible hablaban moviendo mucho las manos en lo que se suponían susurros, aunque en realidad se trataba de voces pronunciadas en un tono agrio y bastante elevado. Toda aquella gente –había al menos una docena de personas– se agitaba en torno a una angarilla sobre la que yacía el cadáver de un hombre de unos sesenta años. La indiferencia del muerto contrastaba con la nerviosa agitación de los demás componentes del grupo: hablaban a la vez, discutían, gesticulaban, y alguien soltó una carcajada que ascendió por el hueco de la escalera y se quedó vibrando contra

25

el vidrio de la claraboya. Se movían de un sitio para otro como si estuvieran borrachos, o actuaran bajo los efectos de algún estupefaciente. El conjunto resultaba, además de inquietante, sórdido: el viejo y descuidado portal con restos de basura esparcidos por los rincones, la frágil luz que caía sobre la escena desde las lamparillas adosadas a la pared, las voces, a la vez desabridas y cautelosas. Había una mezcla de indiferencia y dolor en el rostro del cadáver, un tipo muy delgado, de aspecto norteafricano, o criollo: lo mismo podría ser un marroquí que un martiniqués: tenía la piel oscura y arrugada como una gran aceituna madura y seca.

Siempre resulta terrible la inesperada aparición de un muerto, pero allí pesaban también el mísero decorado, la intempestiva hora en la que se efectuaba el traslado del cadáver, la mezcla de sigilo y brusquedad de los gestos, el ruido pesado de las botas de aquellos tipos uniformados amplificándose en el hueco de la escalera, el poder intimidatorio de los uniformes. Otra amenaza más sutil parecía encarnarse en los dos tipos de paisano, el de la gabardina, grueso, de aspecto brutal como un perro de presa, con la cara enrojecida y la frente perlada de sudor a pesar del frío; el otro sostenía el cigarrillo ante una máscara huesuda y amarillenta. Un aire de clandestinidad emanaba de los movimientos de cada uno de los personajes atareados –guardias y bomberos– que en aquel momento desplegaban una funda o saco de un material brillante en el que iban a introducir el cadáver. Nos inquietó la inmovilidad, el repentino silencio y la insistente mirada que fijaron en nosotros los dos tipos de paisano cuando pasamos a su lado. El muerto que me ha perseguido en mis pesadillas llevaba dos algodones metidos en las fosas de la nariz. Sin embargo nadie se había ocupado de cerrarle la boca.

Salimos a la place Blanche en busca de un taxi y aquella noche visitamos algunos clubs de ambiente: L'Imprévu y otro que se llama Manhattan, casi en la place Maubert, junto al Palais de la Mutualité. Cuando salimos del Manhattan íbamos borrachos, yo no recordaba ni dónde estábamos ni cómo habíamos llegado hasta aquel sitio. Por eso me sorprendió tanto encontrarme frente a la sombra de Notre Dame. Desde allí nos dirigimos a un mugriento local de *cruising,* situado en la otra orilla, cerca del pont Marie. Cruzamos muelles y puentes cogidos de los hombros, una cara pegada a la otra, besándonos, como si el propósito inicial del encuentro –*comme des bons amis*– se hubiera venido abajo, pero al llegar al

27

club nos perdimos de vista en el laberinto de cuartos oscuros. Yo regresé de inmediato junto a la barra, pero él no reapareció hasta casi una hora más tarde. Apestaba. Me enfadé: sabes a qué hueles, ¿verdad? Lo dejé allí solo. La ventanilla del taxi, París bajo la lluvia. Las fachadas de las casas relucían contra un desvaído cielo de color naranja. Los adoquines de la place de la Bastille brillaban como si estuvieran hechos de cristal molido.

Desde que detecté las manchas hasta que me hice las pruebas, sólo volví a verlo una tarde, y aquel día procuré que no me tocara. No lo ayudé a lavarse ni a cambiarse la ropa como había hecho en alguna ocasión, y apenas acerqué la mejilla a la suya para besarlo en el momento de la despedida (nada de flujos, de salivas ni contactos, pensaba, no puedo abandonarme al mal como él se abandonó, no puedo dejarme capturar, no soporto convertirme en víctima). Oía la frase que alguna vez había dicho riéndose cuando atrapaba mi polla con la mano, o cuando la apretaba con fuerza una vez que la tenía dentro: *je t'ai eu,* te he capturado. Las palabras pronunciadas entre juegos adquirían ahora un siniestro aire premonitorio: el amor como trampa mortal. Unos días más tarde, recogí el resultado de las pruebas. Estaba limpio. Las manchas que tanto me habían preocupado eran de tipo alérgico y probablemente habían sido causadas por una intoxicación alimentaria y, además, habían empezado a desaparecer. Sopló sobre la ciudad cierto aire de intrascendencia. Lo celebré yéndome a cenar solo a un restaurante caro en la place Royale. Mi estrategia protectora recuperó sentido: cuando acudía al hospital, extremaba las precauciones. Ante Michel busqué como excusa para mis ausencias la presión de la muestra que preparaba y tenía que tener dispuesta en un par de meses. *Trop de travail,* me excusaba. Le explicaba que, después de tantos años en busca de una oportunidad, no podía dejarla pasar cuando me llegaba. Exponer en París, en una galería de prestigio, en el *huitième,* muy cerca del parc Monceau. ¿Cuántos pintores españoles pueden aspirar a eso? No exponer porque has pagado la sala, sino porque te invitan, y te editan un catálogo con cargo a marchante y editorial, y envían por su cuenta las invitaciones (ésas me había dicho el agente que eran las condiciones pactadas). Estoy trabajando mucho. Haré fotografías de los cuadros en cuanto los tenga terminados, le decía, así podrás verlos antes que nadie. Y cuenta con que

vas a ser tú quien tenga el primer catálogo. Incluso te traeré uno de los cuadros, el que tú eli-
jas, para que adornes esta habitación, aunque
para entonces ya habrás abandonado el hospital
y podrás colgarlo en tu casa, en la pared de enfrente del espejo, quitaremos el panel de corcho
con las postales y pondremos el cuadro. Ya verás.
Estoy pintando uno dedicado a ti, a lo que hemos vivido juntos. Expresa el contraste entre lo
gozoso y lo complicado que ha habido en nuestra relación, lo violento y lo tierno, y esta especie
de síntesis de nuestra amistad de ahora. Daba
por supuesta una relación blanca (a él se le torcía
la boca, no aceptaba esa blancura impoluta, necesitaba el tránsito de sangre y flujos en los cuerpos). Le exponía las novedades acerca de mi futuro, lo absorbente de las ocupaciones. Él repetía:
claro, claro, *bien sûr,* con displicencia.

En realidad, no recibía mis visitas de muy
buena gana. ¿Para qué coño me traes esto?, ¿para
que compruebe cómo me degrado?, se enfadó el
día que decidí llevarle un retrato al carboncillo
que le había hecho cuando vivíamos juntos. Pero
se lo metió en el cajón de la mesilla. Su compañero de fábrica, Jaime, se había convertido en el
nuevo ángel de la guarda. Michel me había pedido las llaves del piso para entregárselas, y era él

quien ahora se encargaba de recoger la correspondencia y de traerle lo que necesitaba de casa; su mujer le lavaba la ropa sucia y le preparaba postres que le gustaban.

Durante los días en que esperé los resultados de la prueba había sufrido ese vértigo que, ante la amenaza del final, te lleva a buscar los límites: provocaba al mal para hacerlo salir de su escondite y que diese la cara, justo lo que en los últimos meses le había recriminado a Michel. El aliento de la enfermedad me transmitió la prisa compulsiva por atisbar cuanto antes el desenlace. Bebí todas las noches, me drogué, me entretuve en el *café-tabac* hasta muy tarde y a última hora me metía en el bar del guardaespaldas hasta que el tipo se negaba a servirme una gota más de alcohol, no porque se preocupara por mi salud, sino porque ya sólo quedaba en la barra alguien con quien se había puesto a charlar en voz baja —las dos cabezas muy juntas— y que se quedaría dentro cuando me echase a mí y bajara el cierre. Antes de llegar a la esquina oía el estrépito de la persiana metálica, como lo había oído tantas veces durante los últimos meses cuando era Michel quien se quedaba allí dentro. Despreciaba a aquel tipo, pero hubiera querido que alguna vez se fijara en mí, entablar con él una conversación en voz baja, y que mirara hosco a los clientes rezagados que estorbaban nuestra charla, verlo deseoso de que nos quedáramos los dos a solas para echar el cierre. Experimentar lo que ocurría allí dentro y había vivido Michel (la mezcla de sudores infectados por el alcohol y la droga). Pero si alguna noche nos quedábamos solos, el matón se ponía de espaldas a mí y se dedicaba a ordenar las botellas en los estantes de madera, o se ponía a barrer, o a meter las latas de cerveza en las cámaras, y a los pocos minutos decía: habrá que ir cerrando. Son treinta francos. De algún retorcido modo, me había convertido en lo que rechazaba de Michel, en lo que me había desagradado y alejado de él: mendigo de una caricia, del cariño o el consuelo buscado de cualquier manera, vicio del carácter que él decía que había heredado de su madre cuando justificaba que siguiera viviendo con un hombre que la llamaba inútil a cada momento, la despreciaba y la maltrataba. Según Michel, cuestión de carácter. Se nace así. Genética. Odiaba esa idea. Sin embargo, los días de angustia en que creí sufrir yo mismo el mal me convirtieron por algún tiempo en triste solicitante de atención. Buscón de servicios. No me importó humillarme. Hice proposiciones a tipos que se burlaron o que me amenazaron, soporté desaires, pagué a individuos que, después de que habían cobrado, se mostraron displicentes como si yo les diera asco.

Pero eso pasó, y, superado el momento de debilidad, me tocó recuperar músculo moral, la vieja textura de mi carácter: un atleta que ha estado apartado de las pistas durante algún tiempo y practica rigurosos ejercicios para volver a ponerse en forma. Me ejercitaba para llegar a un lugar en el que me sintiera a salvo de lo que había estado a punto de atraparme.

A los pocos días, recogí en el buzón de Michel una carta timbrada en Marruecos, primera de las que irían llegando cada quince o veinte días: creo recordar que fueron cinco las que recibió antes de pedirme que le devolviese las llaves de casa para dárselas a Jaime y le encargara a él que recogiese la correspondencia. Siempre le entregué cerradas las cartas que recogía en su buzón, aunque a medida que fue perdiendo la vista, se resignó a que le leyera alguna. Las respuestas las escribió él, incluso cuando ya tenía dificultad para descifrar las letras. Quizá se las dio a escribir a alguna enfermera, aunque lo dudo; es más probable que fuera Jaime quien se encargara. Estoy convencido de que le ocultaba su enfermedad al destinatario y siguió ocultándosela hasta el final; aunque ya digo que no sé lo que escribía en las cartas, porque lo hizo cuando yo no estaba delante. La última vez me tendió el sobre cerrado para que le pusiera dirección y remite, porque su letra resultaba cada vez más ininteligible. Por eso sé que hizo constar en el remite la dirección de su casa de Vincennes, y nunca quiso que aparecieran las señas del hospital. Por Jaime me he enterado de que siguió recibiendo las cartas en la dirección de Vincennes incluso cuando lo trasladaron a Ruan, desde donde se me ha quejado por teléfono en diversas ocasiones de que lo ataban y torturaban por las noches. Yo en ese hospital sólo he estado una vez. Por lo que me cuenta en su carta, Jaime ha acudido todos los fines de semana para visitarlo y le ha llevado ropa limpia y el correo.

Su corresponsal marroquí era Ahmed Sefroui, un antiguo amante que, tras permanecer algunos años en Francia, había regresado a su país. Como yo mismo, también el marroquí se hospedó durante un tiempo en el piso al que ahora llegaba la correspondencia. Desde Beni Mellal, la población en que vivía, le escribía a Michel cartas que rezumaban cariño y añoranza por el pasado. De esa correspondencia no tuve noticia hasta que empecé a recogerla cuando Michel ya estaba hospitalizado. A lo mejor fue la enfermedad la que puso en marcha el cruce de cartas, aunque más bien imagino que las que llegaron mientras vivimos juntos me las ocultó (nunca tuve llave del buzón) porque se sentía culpable de prolongar una vieja relación que, a pesar del paso del tiempo, era apasionada y, por ello, resultaba poco consecuente con las exigencias de fidelidad de él, tan celoso y tan pendiente de mis movimientos hacia cualquiera. Se ponía tenso si le parecía que miraba al empleado de la frutería o al carnicero, o si le dirigía la palabra al que se había instalado a mi lado en la barra, o si escuchaba a alguno de sus amigos con lo que le parecía demasiada atención (a veces llegué a pensar que hasta tenía celos de Jaime). En una de las cartas que le llevé al hospital, su amigo había adjuntado una foto en la que aparecía sonriente rodeado por sus cuatro hijos. *Il ne manque que toi*, había escrito al dorso de la foto. Creo que ya he dicho que después de que Michel perdiera casi del todo la vista, leí dos o tres cartas llenas de faltas de ortografía y redactadas en un francés descabellado: en algunos párrafos, la añoranza se expresaba con palabras exaltadas y expresiones que rozaban lo pornográfico; en otros, en cambio, el lenguaje rezumaba una ternura fraternal y un tanto infantil, como de compañeros de juegos en un equipo deportivo. Aquellas cartas me turbaban, porque se dirigían al Michel que había sido amado y deseado por un hombre de apariencia jovial que, después de haberlo abandonado, lo echaba de menos. Mientras le leía aquellas cartas ingenuas, y a su manera hermosas, en algunos momentos tenía la sensación de echarlo de menos yo mismo: el cuerpo de Michel, refugio cálido. Lo había sido para mí, sus muslos carnosos, sus brazos fuertes. Pero ese cuerpo ya no estaba, había desaparecido.

C'est un très gentil garçon. On s'aime beaucoup, me decía Michel. Y a mí me daba por pensar que también él era *un très gentil garçon.* Aunque, en realidad, por debajo de aquella piel, en aquel cuerpo que parecía un atlas de los huesos humanos, qué quedaba del hombre que me atrajo.

Cierto día en que, junto a las cartas del banco y de la compañía de teléfonos, le entregué una de Ahmed, la acarició, se la acercó mucho a la cara, como si estuviese oliéndola, y la guardó debajo de la almohada con una sonrisa cruel, que quería decir: no te necesito, puedo valerme por mí mismo. Me hirieron el gesto y la sonrisa. No volvió a pedirme que le leyera el correo. Yo le entregaba cerradas las cartas que recogía del piso, y él cogía los sobres, les pasaba las yemas de los dedos por encima, como si leyera como hacen los ciegos, y se los ponía debajo de la almohada, o en la caja de madera que guardaba en el cajón de la mesilla con los paquetes de Gitanes. Poco tiempo después me pidió que le devolviera las llaves del piso porque quería entregárselas a Jaime. Él viene un par de veces a la semana, y tú estás demasiado ocupado, dijo. Me estaba echando en cara que espaciaba mis visitas.

Lista de recriminaciones en el ir y venir por los pasillos del hospital: ni siquiera me pediste que te acompañara cuando viajaste a Madrid. Podría haberlo hecho, haberme cogido unos días de permiso en la fábrica. Tenías vergüenza de que me conociera tu familia, tu madre. Y cuando te mudaste de casa, me enseñaste el cartel de se alquila el día antes de ocuparla, cuando ya habías firmado el contrato. La alquilaste sin consultarme, sin que te interesara para nada mi opinión.

Recuerdo que yo le había dicho: no pasa nada grave, seguimos viviendo juntos, estoy a diez metros de ti. Y la respuesta de él: ésta es tu casa y no la nuestra, son tus muebles, los tuyos, los que has alquilado para ti cuando ya me conocías y teníamos nuestro sitio. Aquí no tenemos una mesa de los dos, una cama de los dos, *une chiotte à nous deux*. Quería inocularme una sobredosis de culpa. Pero yo, mientras permaneció en el hospital, fui a verlo, estuve a su lado, y le llevé tabaco y me mostré dispuesto a seguir llevándole lo que me pidiera, metiendo su ropa en mi lavadora: no es verdad, los primeros tiempos en que me dio su ropa para que se la lavara, la llevé a la lavandería; en su casa no había lavadora, y en mi lavadora me daba aprensión meterla, pero eso él no tenía por qué saberlo.

Tuve celos del Michel que aparecía o adivinaba entre las líneas de aquellas cartas y yo no había sido capaz de reconocer durante los meses que viví con él; pero eso era una falsa visión, un espejismo. No debía dejarme llevar por la turbulencia que ponían en marcha las palabras exaltadas o afectuosas de la correspondencia en aquel estado de excepción sentimental que era la enfermedad: las palabras amorosas y cargadas de erotismo de Ahmed, guardadas en la caja de marquetería en caoba (un regalo de su amiga Jeanine) que metía en la mesilla, mesmerizaban el aire de la habitación mientras se las leía, reavivaban lo que hacía tiempo que era sólo fría ceniza (sus pequeñas venganzas: *répète ces mots, je veux les apprendre par cœur, répète-les encore une fois*). A veces he llegado a pensar que exageraba su ceguera para obligarme a leer aquellas palabras en las que alguien expresaba que seguía recordándolo y aún lo deseaba. Yo también hubiera querido disfrutar del Michel que Ahmed había disfrutado. Desearlo así. Pero ¿acaso no lo había hecho? ¿No le había dicho palabras casi idénticas a las que ahora me pedía que le repitiera porque quería aprendérselas de memoria? ¿Y no se había agotado ese ritual entre nosotros, y habíamos decidido que era hora de dejarlo descansar en paz porque carecía de sentido? En realidad, tampoco tenía mucho sentido la verborrea con que ahora lo obsequiaba Ahmed. Jeanine me había contado que, cuando rompió con Michel, se fue a vivir a un piso de hombres solos que habían alquilado unos primos suyos cerca de Stalingrad y, al poco tiempo, regresó a Marruecos con la familia. La verdad es que todo aquello fue bastante más sórdido, me dijo Jeanine, una mentira tras otra, un atraco tras otro. Ahmed nunca le contó a Michel que era casado.

Volver atrás, a la estación de partida. Que el movimiento de las agujas situadas a la salida del andén cambie la dirección del convoy y el tren recorra otros lugares, alcance otro final de trayecto. Los ojos se me llenan de lágrimas al pensar en esas palabras: final de trayecto. Las leo en los libros, las veo en las películas y en los programas de televisión, las oigo en las declaraciones que hacen familiares de enfermos, esposas, maridos, amigos fieles. No sólo de enfermos de la plaga, sino de afectados por accidentes que mutilan, o por enfermedades que degradan los cuerpos. Cuando cuidas a un ser querido, se supone que es él quien te da, no tú: atenderlo durante meses, cambiarle los pañales, lavarlo, peinarle el pelo que ralea, besar sus labios cuarteados o inflamados. Eso dicen con voz emocionada, cuando los entrevistan en la radio o en la televisión, o si hacen declaraciones a la prensa, los familiares, los amigos, los amantes. Yo no sentía que cambiarle los pañales a Michel (le ayudé a cambiarse en un par de ocasiones) fuera el regalo que me ofrecía un maltrecho amor con fecha de caducidad cumplida desde hacía meses. No sentía nada de eso. Ya digo, se los cambié en un par de ocasiones, pero nunca noté bondad cayendo sobre mí, aunque tampoco la sentí cuando estuvo ingresado mi padre y había que ayudarle en casi todo, porque la embolia le dejó completamente paralizado medio cuerpo durante casi un mes. Más bien tenía la impresión de que aquel hombre que yacía consumido se alejaba a la vez de mí y de él, se convertía en un ser extraño –alguien desconocido para mí, desde luego, pero también para sí mismo– y así me lo expresaba el propio Michel los días en que conseguía un momento de lucidez a pesar de la decena larga de comprimidos (supongo que buena parte de ellos calmantes) que le proporcionaban cada día. Péiname tú, me espanta verme esta cara en el espejo, ¿han crecido las manchas?, al tacto noto que sí, mejor no me lo digas. Michel se iba borrando como se extinguía cada día de visita la débil luz de la tarde de invierno en el cuadro de la ventana del hospital. Tendido en la cama, el tipo que lo había sustituido me dirigía la palabra (unos días con la sonrisa forzada, otros triste, otros furioso). Lo miraba, le oía la voz de vieja acatarrada que se le había puesto, y me dejaba invadir por una indiferencia agresiva y culpable que sustituía a la pena. A veces me preguntaba por qué seguía yendo (es verdad que ya más de tarde en tarde, espaciaba las visitas). El impulso de la amistad. Meses antes habíamos decidido que éramos sólo buenos amigos, pero él no se lo creyó

41

nunca: sin sexo nuestros encuentros le parecían un suplicio; yo me he esforzado por creérmelo: seguramente, me ha convenido. Ni siquiera he acudido por piedad: si ha habido algún sentimiento en mí durante esas visitas no ha tenido que ver ni con la piedad, ni con el amor, seguramente ha sido más bien cumplimiento del pacto que inauguran ciertas palabras que consideramos sagradas –amor es una de ellas– cuando se pronuncian: dije año y pico antes la palabra amar (dije *je t'aime,* en lo de amar sobran los adverbios, ni poco ni mucho, se ama o no se ama, mal que le pese a su amiga Jeanine, que pone en duda mi capacidad para querer), y ahora, cuando ese sentimiento ya no existía, afrontaba las consecuencias. Pero no sentía amor, hacía meses que no lo sentía, ni piedad. No es lo mismo piedad que pena, pena sí que sentía, y sentía tristeza por verlo en aquel estado, y compasión, sentía una inmensa compasión, porque Michel no estaba en aquel cuerpo que respiraba ayudado por una mascarilla, y cuyos huesos y cartílagos se marcaban bajo la quebradiza funda de una piel cubierta de moratones, unos debidos a la acción de las sondas y agujas con que lo castigaban diariamente y otros fruto del cruel avance de la enfermedad.

Michel era el hombre robusto y optimista que aparecía en los retratos que emborroné con carboncillo y guardo; en las fotos que le hice, sus miembros rollizos surgiendo del bañador mientras levanta los brazos como un forzudo de circo ante el fantástico telón de los acantilados de Étretat, y no el ladrón de cuerpos que lo había sustituido, y a quien, sin embargo, se supone que debía sentirme capaz de querer. Las manos huesudas en las que destacan las venas azules, las piernas frágiles como cañas cubiertas por un cuero adobado, nada tienen que ver con el hombre maduro y fuerte al que amé, del que gocé –y al que hice gozar– durante casi un año. Ahora, su testimonio: *ne me regarde pas, je n'aime pas que tu me voies comme ça, c'est dégueulasse, je pourris. Je ne veux pas que tu gardes cette image de moi le jour où je mourrai, ne rester que ça pour toi, pour ton souvenir.* Creo que he cumplido con mi presencia, con mis gestos: aquí estoy, dime si necesitas algo, qué quieres que te traiga, pero no he podido inventarme ni un ápice de amor; la amistad sé que le hacía daño: la tristeza que lo asaltaba cada vez que nos decíamos adiós en el hospital, el deseo incumplido, la ansiedad por lo que no acaba de llegar, el improbable paso de amante a amigo es siempre así, estimado Jaime. Desde luego, tampoco estaba preparado para recorrer las etapas que le faltaban a él para concluir su recorrido. Digo él, digo Michel, pero es que ya no era él. Por eso tengo que aceptar que ni siquiera estaba capacitado para sentir una piedad sincera por alguien a quien, en realidad, no conocía.

–Vale, te lo acepto, el hombre al que no amé, pero creí amar: puedo aceptarlo –le respondí a Jeanine, que se empeñaba en demostrarme que no lo había querido nunca–. Dices que seguramente no ha sido verdadero amor, pero ¿qué es eso del verdadero amor? Explícamelo. De qué trata, o a qué obliga esa palabra cuando se extingue.

Incluso si imagino que tenía razón Jeanine, la cosa no cambia mucho. Aquel día me defendí:

–Pondré si se quiere un poco más de humildad en la afirmación y diré que cumplo mi deber con el hombre a quien durante casi un año creí amar y al que en alguna ocasión le dije que lo amaba.

Y Jeanine:

–Te consuelas y satisfaces tú. Te das por cumplido. Te justificas. Pero a él no le hacen ningún bien tus visitas. Le hacen sufrir, le recuerdan cosas. Tú, como Ahmed, como Antonio. Los tres lo habéis utilizado. *Un pied-à-terre à Paris* en momentos de apuro. Michel ha sido demasiado ingenuo. Demasiado generoso.

44

Recuerdo la risa de Michel: los dientes ligeramente separados, las mejillas tensas, la piel de la cara teñida de un saludable color que las nieblas y la contaminación parisinas no habían conseguido lavarle después de tantos años, los ojos verdosos que, si se enfadaba, parecían metalizarse, echar chispas y, al mismo tiempo, convertirse en cortantes esquirlas de hielo. La furia los volvía de un amarillo sulfúreo. Pero eso, el furor que evaporaba el verde y ponía azufre en su mirada, el fuego amarillo y frío, inhumano, lo conocí más tarde, ahora estoy hablando de los meses felices. Él también debió de recordar con amargura muchas veces mi risa de entonces. Me lo dijo: *Ça fait des mois que je ne te vois plus rire.* La corpulencia del campesino normando, la sensualidad de un hombre maduro que durante aquellos meses quiso que todo fuera de los dos. Me sedujo ese candor en un cincuentón, la claridad con que nombraba, clasificaba y ordenaba sus sentimientos con una desenvoltura jovial. Las yemas de sus dedos, con las grietas de la piel y el borde de las uñas ennegrecidos en la fábrica, trabajaban con pericia laboral en mi cuerpo. La sensación de que, como a cualquier herramienta, al

45

ser humano lo pule el uso: le concede destreza, ductilidad.

Sabía lo que le gustaba y lo que no, sabía que le gustaba su trabajo a pesar de que lo obligaba a soportar horarios crueles y jefes desagradables y estaba bastante mal remunerado. Le gustaban sus compañeros, le gustaban Jaime y la mayoría de quienes trabajaban en la fábrica de Ivry; con muchos de ellos se entretenía tomando copas y jugando un rato al billar a la salida del trabajo. Había uno al que despreciaba y que, sin embargo, se presentó una tarde de domingo a husmear en el hospital (Michel le había dicho a Jaime que podía contar lo de su enfermedad en la fábrica, aunque sin dar demasiados detalles). Lo echó con cajas destempladas, recuperando –no se sabe cómo– la voz poderosa que la enfermedad le había arrebatado. Tiró por los aires una caja de madalenas que le había traído y que se quedaron esparcidas por el suelo hasta que Jaime le pidió a la enfermera que le dejase una escoba y un recogedor. Su construcción mental tenía una solidez razonable. Sabía lo que era el amor. Y sabía que lo que sentía por mí era amor. Eterno, indestructible, como corresponde. Michel, el hombre sólido al que amé, no tenía nada que ver con el tipo taciturno que vino luego, el que soporté durante

46

los últimos meses. Había cambiado cuando regresé de pasar unos días en Madrid. O quizá un par de semanas antes, cuando le dije que iba a emprender el viaje. O cambió dos meses después, cuando decidí ocupar el piso exterior que pusieron en alquiler en la finca en la que el cuarto de Michel ocupaba un rincón del patio.

–Así estamos al lado, pero tenemos cada uno nuestra casa, no nos vemos obligados a convivir a todas horas –le expliqué–. Yo pasaré las noches que quiera en tu casa y lo mismo tú, aquí, conmigo.

Lo abracé, lo besé, entre bromas lo empujé a la cama, pero él se quedó plantado –el pecho, una pared sólida y ancha–, y, moviendo despacio las manos, me agarró del cuello con una inesperada violencia y me apresó contra la puerta:

–Me ahogas.

–A ver si te enteras de una vez. Yo soy el que vive ahí enfrente, en ese cuchitril que tanto te gustaba, el que duerme en una cama de la que hasta hace poco te sobraba la mitad.

Se dirigió en dos zancadas hacia la habitación, cruzó el salón, y, al abrir la puerta, se echó a reír: apesta a carne podrida, un piso de salchichero que se ha hecho rico vendiendo carne de perro. Pasado el tiempo me enteré de que el apartamento pertenecía al charcutero de la calle trasera.

Pero poseía cualidades inmejorables para mi trabajo, por la amplitud de sus habitaciones de techos altos, y por los grandes ventanales que daban a la calle y dejaban entrar libremente la luz, ese bien tan preciado para un pintor, que París tanto regatea y que tanto había echado de menos todos aquellos meses en que estuve viviendo en la habitación de Michel, situada en uno de los laterales del estrecho patio, y que disponía de una sola ventana que maliluminaba el cuarto exterior. A ese cuarto se llegaba después de atravesar una habitacioncita sin ventanas y la cocina, que daba a la escalera y, ocho o diez escalones más arriba, al rellano desde el que, a través de una vieja puerta de madera sin barnizar, se accedía al retrete, donde apenas había espacio para el desagüe de la ducha, un pequeño lavabo y la taza. El par de habitaciones con la minúscula cocina encajada entre las dos pasaría con dificultad la calificación de habitable si a la municipalidad de Vincennes le preocupara lo más mínimo cómo viven sus ciudadanos.

Alquilé el apartamento porque necesitaba espacio para colocar la mesa de dibujo, el ordenador que acababa de comprarme, los rollos de papel, cuanto utilizaba para mi trabajo como diseñador, y también las telas, el caballete, los tubos de pintura, los materiales, porque lo de pintar había sido lo que me había llevado a París, aunque durante todos aquellos meses pareciera haberlo olvidado, y pintor es lo que yo quiero ser mientras pueda sostener el pincel en la mano, un oficio que hoy desprecian tantos artistas, empeñados en ofrecer instalaciones, montajes, vídeos, artefactos más tecnológicos o ideológicos que artísticos, piezas que considero más cerca del acertijo y la ocurrencia que de la obra de arte. Parece que no se le pide habilidad de artesano a un artista contemporáneo, más bien se le aplaude el ingenio. Yo nunca he renunciado a los pinceles, a saber preparar una tela, a trazar las líneas del dibujo, a calcular la óptica, las perspectivas, el juego de contrapesos en los volúmenes de un cuadro, a trabajar con la delicadeza que permiten los aceites, con la sensación de estabilidad que producen los temples. El dibujo fue lo que más practiqué en aquel espacio minúsculo en el que me parecía que había vuelto a la adolescencia, aunque es cierto que concluí algunos cuadros empezados en Madrid o en el piso del bulevar Ledru-Rollin y que empecé otros nuevos. A Michel le hice algunos retratos. Tras la carta de Jaime, he sentido el deseo de sacarlos hace un rato de la carpeta y los

49

tengo a la vista (hermoso lo que se acabó, o disolvió, lo que no pudo ser, o se rompió y he perdido; lo que no supe, lo que no me convino, lo que no quise guardar, yo qué sé: hablo del dolor que hoy siento por algo que la enfermedad ha resuelto de modo tajante, cerrando la puerta del arrepentimiento, disolviendo la duda acerca de si era o no posible una vuelta atrás. Ha convertido en irreparable lo que quiera que aquello haya sido).

A él le dolía la mudanza, pero qué iba a hacer. Necesitaba espacio y luz para pintar, y también –eso pensaba– para recibir a los compañeros de la empresa: tener un estudio que me proporcionase libertad en caso de que las circunstancias cambiaran para mejor en Cormal, y pudieran presentarse allí los diseñadores para ver mis trabajos, citarme con ellos, como alguno de los jefes me había citado a mí en su casa a la hora de resolver alguna duda. Aún no me había dado cuenta de que en Cormal el departamento de diseño se movía en dos círculos paralelos que rodaban a diferente altura, y no había escalera para subir del círculo de abajo al superior. Pensé en un deseable futuro en que el ascenso en mi consideración como pintor me exigiera un lugar decoroso en el que recibir a futuros clientes de mis cuadros, a marchantes, a comisarios de exposiciones, a periodistas. Estaba convencido de que se había iniciado lo que supuse mi momento dulce. Aunque si debo ser sincero, la verdad es que alquilé el piso sobre todo porque había empezado a necesitar aire: quería respirar, alejarme un paso de aquella relación asfixiante.

En su proyecto sentimental (el diseño de futuro de Michel), mi trabajo era más bien un inconveniente del que él se encargaría de ir librándome: en su idea del mundo perfecto, yo permanezco esperándolo cada tarde a la salida del trabajo para hacer la ronda de los bares y se supone que debemos sobrevivir entre facturas a punto de pasarse de fecha, prisas para ingresar el dinero en la cuenta unas horas antes de que nos corten la luz o el agua, y dejando a deber hasta fin de mes (él, por supuesto: a mí nadie iba a darme crédito en el barrio) las copas en el *café-tabac* y en el bar del guardaespaldas, ajustando nuestra vida alcohólica a su más bien escaso sueldo, como habíamos hecho durante los primeros meses, en los que yo no tenía absolutamente nada para sobrevivir. Reconozco que entonces fue generoso: me recogió en su casa, me ofreció cuanto tenía, me alimentó, jodimos hasta agotarnos, y me dio de beber hasta que el *pastis* se me salía por las orejas. Vivimos meses en estado de

51

exaltación, una ebriedad en la que alcohol y sexo formaban una madeja que no había manera de desenredar, bebíamos para desearnos más y nos deseábamos más porque bebíamos. Pero casi desde el principio advertí que esa generosidad corría peligro de convertirse en una forma perversa de intercambio: me doy entero, pero te quiero entero. Sospechaba que todo lo que Michel me ofrecía tendría que devolvérselo algún día, y empecé a mirar su afán por gastar conmigo hasta el último céntimo como el deudor mira el libro de operaciones del prestamista que acabará por cobrarle un interés desorbitado. Me veía obligado a atemperar su ansiedad, y, desde que volví de Madrid, tuve que esquivar su vigilancia. Con mi viaje, empezaron las sospechas, los celos. Se me hacían especialmente largas las tardes en las que ni siquiera podíamos permitirnos beber en el bar porque el crédito no daba más de sí: metidos en el cuarto, un par de botellas de vino, restos de alguna botella de aguardiente, las tazas de café, la televisión puesta en un programa con jubilados que aplauden a un niño de cinco años que toca el piano como el propio Mozart, y él con ganas de conversación, pegándose a mí, tocándome, sin dejar que me concentre en mi trabajo (estoy pintando algo que se parece a una marina, juegos de azules, triángulos blancos;

lo pienso: qué tendría que pintar ahora aquí, de regreso en Madrid, cadáveres que caminan por los pasillos del hospital, llagas como en Grünewald, carnes desolladas como en Bacon, como en Soutine; no lo hago, sé que no lo haré nunca). Sobre todo, se me hacía insoportable el tiempo que pasábamos en la cama, sus brazos y sus piernas rodeándome. Me asfixias, no me dejas respirar, le dije en alguna ocasión, y él se levantaba, se abría el camastro plegable que había en el cuarto del fondo, cogía una manta y se marchaba a pasar la noche allí, dejando que yo lo oyera revolverse insomne. Habíamos entrado en la penúltima etapa.

II

Regresan las imágenes de su narración original, génesis en el que nunca existió el paraíso, y quien aparece es el hombre mal afeitado que lo aparta de un manotazo cuando él le abre la puerta de casa, y coge a su madre por los hombros, la zarandea, la insulta, y de pronto se echa a llorar y cruza la salita en cuatro zancadas y se mete en el retrete, donde orina con la puerta abierta. El niño oye el ruido de la orina y ve la espalda del hombre, que, al salir del retrete, lo levanta hasta la altura de su cara y lo besa. La barba daña la mejilla del niño, que se aparta bruscamente, mientras oye la voz de la madre que dice: bésalo, es tu padre. Pero él no quiere besarlo. El hombre se queja: ya no me conoce. Y repite otra vez: no me conoce. Atardece. La luz se afila y recorta la figura del hombre, que pasa horas sentado en una silla, con la espalda recta, pegada al respaldo. El niño lo mira desde un rincón y luego se acerca a él y le pone la mano en la rodilla, pero el hombre no se mueve, se limita a respirar con un silbido que, cincuenta años más tarde, Michel me dice que reconoce en sí mismo: vengo de un gen con los fuelles rotos, dice.

El Hôpital Saint-Louis, con sus fachadas en bordado de ladrillo y piedra, los parterres geométricos, los troncos desnudos de los árboles tras la cristalera de la ventana de la habitación. La lluvia cae mansamente. Domingo de febrero, luz mortecina, monocromo gris perla parisino. Michel diría color *pastis* con agua. Por entonces aún se mueve con cierta soltura por el interior del cuarto, sale al pasillo y se mete en el retrete para fumarse a escondidas de las enfermeras uno de los Gitanes que le he traído. Ha seguido fumando casi hasta el último momento. Los meses en que vivimos juntos, cuando le pedía que dejase de fumar porque por las noches me despertaba con su respiración pesada —tienes los bronquios deshechos—, me respondía: es de herencia, mi padre no fumaba y le pitaban los bronquios aún más que a mí. Se reía. Las enfermeras que se mueven por el pasillo hacen como que no se enteran, pero desde la butaquita situada al pie de la cama a mí me parece que huelo el tabaco que Michel está quemando en el retrete.

Fuelle roto. Las frases que pronuncia concluyen en un ronco suspiro y, de noche, mientras duerme, además de ronquidos emite de pronto un pitido, una inspiración angustiosa en la que parece ahogarse, y que se rompe en violentos golpes de tos. Fuma. Gitanes sin filtro. Las primeras veces que fui a verlo al hospital me pedía un cigarro para fumárselo en el retrete. Yo hacía como que me enfadaba y le recriminaba que siguiera fumando. Pero, a pesar de que siempre he consumido tabaco rubio, esos días compraba un paquete de Gitanes en el *café-tabac* cercano, lo dejaba al pie de la cama y apartaba la mirada para no ver cómo, con un rápido movimiento de la mano, él lo metía en el cajón de la mesilla para evitar que las enfermeras lo encontrasen. Los dos fingíamos que yo no me daba cuenta y se suponía que a la salida me registraría los bolsillos preguntándome qué se había hecho del tabaco.

Más adelante, procuro llevarle siempre algún paquete. Ya no queda tiempo para que el tabaco (en realidad, casi nada) pueda hacerle daño, y lo sabemos los dos, aunque yo le muestre artículos de periódico que anuncian que pronto habrá esperanzas para los enfermos de la plaga. Cada información más o menos optimista que me encuentro en la prensa la recorto y se la llevo al hospital para leérsela; se trata de resistir hasta que llegue el medicamento apropiado, que no va a tardar demasiado tiempo, le digo, cuestión de resistencia. En tres o cuatro meses puede aparecer. Y él se burla: bah, aunque yo noto el esfuerzo que hace para comerse todo lo que las enfermeras le llevan en la bandeja.

Pero vuelvo al génesis:

—¿Cómo puede ser ésa la primera imagen de tu padre? Tienes que acordarte de él antes de la guerra. Cuando lo enviaron al frente ya tenías cinco o seis años.

Lo niega. Sus primeros recuerdos de infancia son un salón en el que suena el piano y él sentado en una esquina del local, desde la que ve a los hombres vestidos con ropa militar. Beben, discuten en una lengua que no entiende, bromean con su madre y con las otras mujeres que se sientan con ellos ante las mesas y suben la escalera del fondo. Muchas noches se duerme en su rincón, con los antebrazos apoyados en la madera de la mesa a la que lo sientan, y, al despertarse, la multitudinaria escena envuelta en humo y música le parece que forma parte de los sueños. A veces no se despierta en el salón, sino en un cuarto desco-

nocido al que llegan los ruidos del baile que no
cesa durante toda la noche en la planta baja, y
otros más sigilosos –conversaciones, susurros, ge-
midos, chirridos de somier– procedentes del pasillo y de las cercanas habitaciones.
      –Todas las mujeres del pueblo trabajaron
allí, ya me dirás qué iban a hacer, con los maridos fuera, o presos.
      No sé si me cuenta la historia de las mujeres
del pueblo para que, extendiendo la culpa sobre
otras, se diluya la de la madre. El salón con el
piano, la barra de zinc a la izquierda de la puerta,
la lámpara con unos grandes bulbos de cristal
traslúcido, las lamparitas de pie con pantalla de
pana de color verde encima de las mesas, los
hombres uniformados con las caras enrojecidas
por el alcohol y que, al pasar, dejaban olor a sudor y a la suciedad vieja que impregnaba los uniformes. Recordaba a las mujeres con su pegajosa
estela de perfume, la escalera con los peldaños de
madera barnizada, el pasillo, cuyas tablas crujían
bajo el peso de los cuerpos de los soldados a cada
paso que daban, la habitación con las paredes
empapeladas con cenefas verticales de lilas que se
vuelven azul oscuro en algunos lugares debido a
las filtraciones de humedad y, en otros sitios, se
interrumpen por culpa de algún desgarrón. Re-

cordaba sobre todo el frío y la oscuridad cuando se despertaba solo en alguna de aquellas habitaciones. Si la patrona lo oía llorar, o llamar a su madre, lo amenazaba para que se callase y él se quedaba allí, asustado. Recordaba la noche en que un hombre uniformado entró en la habitación al oír sus sollozos y se puso a consolarlo, le limpió las mejillas pasándole repetidas veces la palma de la mano, *mon petit, mon petit,* y lo besó en la boca; después, con brusquedad, apretó la cabeza del niño contra su barriga. La madre entró en la habitación y golpeó al hombre con los puños cerrados, pero el hombre consiguió dominar sus movimientos y la mantuvo cogida por las muñecas, hasta que la fue venciendo y la tumbó en la cama. Delante del niño, no, dijo la mujer.

Vuelven a casa de madrugada, montados en la bicicleta de la madre. Como la mujer no puede efectuar sin ayuda muchos trabajos, en el interior de la casa los días de lluvia gotea el agua en numerosos lugares. Apartan los muebles de la pared, cambian de sitio las camas y también la mesa del comedor y las sillas para que las goteras no las echen a perder. Una de las goteras provocó un cortocircuito y durante semanas estuvieron sin luz. Recuerda aquellos días de invierno como los más tristes: mi madre intentaba prender los fósforos humedecidos para encender una vela. Todo rezumaba humedad y estaba helado. La llama de la vela apenas permitía distinguir los objetos. A medida que avanzaba con ella en la mano, levantaba descomunales y cambiantes sombras en las paredes. Me desnudaba y me metía deprisa en la cama. Dormíamos en dos camas gemelas en la habitación que habían ocupado mis hermanos antes de que los enviaran al sur, a algún lugar cerca de Lyon, aunque algunas noches mi madre se acostaba a mi lado y me daba calor. ¿Y sabes qué recuerdo de aquellas noches en que dormimos juntos? Que ella olía a sudor de otros, y yo sentía asco, aunque sabía que lo que fuera que hiciese lo hacía por mí y por mis hermanos.

A pesar de que la mujer consigue que un vecino repare el cortocircuito, las noches de oscuridad se suceden todavía durante algún tiempo, ya que, a los pocos días de la reparación, empiezan los bombardeos y uno de los primeros hace saltar por los aires el transformador eléctrico que da luz al pueblo. Michel recuerda el lejano resplandor de los proyectiles cayendo en la noche –el sonido de un siniestro tambor– mientras su madre y él permanecen acurrucados en un rincón de la construcción de madera que, a pocos metros de la casa, sirvió como establo antes de la guerra; el peso de su madre aplastándolo, la mano apretando su boca, con unos dedos calientes que muerde por culpa del terror. Ella le susurra al oído: hijo, no tengas miedo, y las palabras de la narración que un día me contó Michel son como uno de esos truenos cuyos ecos saltan de ladera en ladera y parece que no van a extinguirse nunca: en una de mis últimas visitas al hospital, lo veo acurrucado en la cama. Se cubre los ojos con el antebrazo, y se enfada al verme entrar en la habitación: a qué vienes, déjame en paz, refunfuña con su voz rota. Lárgate de aquí. No estoy presentable. Me burlo: qué pasa, ¿hoy está de mal humor el caballero del alto sombrero? Muestro una amabilidad profesional, le coloco la almohada, le paso la mano por la frente. Se queda en silencio un buen rato, lo oigo respirar como si estuviera inquieto por algo: conozco ese ritmo rápido y corto, sé lo que significa, lo he escuchado unos segundos antes de un estallido de rabia, o de que iniciáramos alguna discusión; ha respirado así cada vez que he tomado una decisión que lo hería y se aprestaba a defenderse soltando un zarpazo. De pronto, rompe en sollozos y dice: no me dejes aquí, tengo miedo.

Todo saldrá bien, le repito dos o tres veces, sabiendo que le miento: ni hay indulto en su condena ni vuelta atrás en nuestra agotada historia. Te curarás, insisto. Y en ese momento parece que me cuesta respirar; sí, ahora el que padece la respiración agitada soy yo, noto que me ahogo, y tengo que salir precipitadamente al jardín –disculpa, enseguida vuelvo, me he olvidado algo– para encontrar aire limpio bajo la lluvia, ¿no dicen que el olor de la lluvia es saludable olor de ozono?, y olor de hierba y grava mojadas. Las imágenes se embarullan en mi cabeza, se mezclan, pasado y presente, lo que conozco de oídas y lo que he visto, y forman un bucle en el que me pierdo porque el cuarto de hospital en el que otros dos cuerpos se extinguen tendidos en sendas camas al lado de la que ocupa Michel se convierte en la casa que sólo conozco por su narración, la que ni siquiera existe porque, según lo que él me ha contado, era poco más que una chabola y la derribaron hace bastantes años: oscuridad de noches sin luz eléctrica, sonido de goteras cayendo sobre los muebles, lejano tronar de proyectiles, y, acurrucado en su cama, allí dentro del hospital, un hombre maduro muerde asustado los dedos de su madre –hijo, no tengas miedo–, y hace frío, y todo está húmedo, y a pesar del miedo él nota el olor de la mujer y siente desagrado y culpa por ese desagrado. También a mí me mordía los dedos cuando lo penetraba. ¿Me notas dentro, Michel? La lluvia cae detrás de los cristales del cuarto en el que suena alguno de sus discos –*Par le petit garçon qui meurt près de sa mère*–, y declina la húmeda tarde de febrero sobre los parterres del jardín del hospital.

Le aparto el antebrazo de la cara, y le digo: mírame, Michel, estoy aquí, a tu lado. Y él llora, pero ahora lo hace en silencio, sólo las lágrimas mojándole la cara.

–Me pides que te mire y apenas te veo. Borroso. En poco tiempo ya ni siquiera podré verte. O no, eso no debe preocuparme. Es tarde. Qué más da.

Veía con dificultad, unos días menos mal que otros. A veces creo que le gustaba fingir que estaba más cegato de lo que estaba: sombras, veo sombras, decía, y bultos coloreados, y noto en los ojos si hace sol o está nublado, además de por el calor, por un brillo sobre las superficies oscuras, una ola de luz, veo perfiles, colores emborronados, como en uno de tus cuadros a medio pintar, muévete hacia allá, levanta el brazo, te veo como en una lente cada vez más desenfocada, me decía; pero elegía, tanteando con las puntas del tenedor, los trozos de cordero, y masticaba cuidadosamente un pedazo tras otro y luego se comía las patatas y el queso y un flan, a medida que le iba poniendo los diferentes platos delante, aunque esa comida que recuerdo ahora no fue en el hospital. Lo del cordero con patatas y guisantes fue en un restaurante cercano al que lo llevé cuando, aunque con dificultad, todavía podía caminar: la frasca con el vino, el ragú, los tres pedacitos de queso: *munster,* un *crottin de chèvre,* una punta de *pont-l'évêque.*

III

La madre le apartó la cara de un manotazo cuando abrió el bastidor con la tela metálica que hacía de puerta y entró en el gallinero atraído por los gritos de ella. Apenas había tenido tiempo de conocer al hombre taciturno que se lo llevaba con él a la huerta (después del primer día, no había vuelto a besarlo nunca) y también a segar en los prados cercanos y a recoger los pájaros que caían en las redes y en los envisques que colocaba. Le había ayudado a reparar los comederos de madera de los conejos y el pesebre en el que pastaba una cabra que el padre trajo un día de mercado, y que al muchacho le gustaba ordeñar. Nadie se había ocupado de los comederos durante los años de guerra y las maderas se habían podrido. Las jaulas apestaban. El hombre arregló también el tejado de la cuadra y Michel se subió allí arriba con él; y le tendió las tablas a medida que el padre se las iba pidiendo, cuando reforzaron las paredes de madera de la construcción. Cavó la huerta, plantó coles, lechugas, zanahorias y rábanos picantes; podó los manzanos, reforzó puertas y ventanas de la casa, lijó el suelo de la cocina, selló las fugas de agua bajo el fregadero, y una mañana apareció a contraluz, balanceándose, colgado de la viga del gallinero. La madre quiso evitar que viera el cuerpo del hombre. Pero él lo vio de refilón, una sombra a contraluz, y tantos años después recordaba el golpe en la cara y la figura suspendida en el aire.

Eso fue lo que Michel me contó de su padre (y que le pitaban los pulmones al inspirar). Un hombre silencioso que trabaja, repara y ordena la casa durante unos días antes de darle una patada a todo. No me acuerdo de su voz y de su cara creo que me acuerdo más por un par de fotografías que por mis vivencias, sólo que, al besarme el primer día, me raspó con la barba. Me contó que, en cambio, si cerraba los ojos podía escuchar los gritos de su madre en el gallinero como si estuviera emitiéndolos en aquel mismo instante. La mujer no paraba de repetir: *le con, qu'est-ce qu'il a fait ce grand con,* mientras lloraba desconsolada, sentada sobre la paja y los excrementos de las gallinas que ocupaban el suelo. Al parecer, años más tarde, después de que, en una disputa, se le ocurrió recriminarle a la madre aquellas palabras, ella le dijo que el hombre a quien de cuerpo presente había llamado tonto había sido el gran amor de su vida: el único al que he querido. De haberos visto a los dos en peligro por entonces, no tengo muy claro a quién me hubiera decidido a salvar primero. Mi marido de ahora me hace compañía, pero querer es otra cosa, algo que no sé si puede ocurrirte dos veces en una sola vida. Tu padrastro sabe lo que he sido y yo sé lo que es. Nos soportamos. Se lo dijo cuando ya llevaba unos cuantos años casada con su nueva pareja, y Michel no entendió que alguien pudiera acostarse noche tras noche con una persona a la que no quería. La madre se había lamentado: tu padre, qué podía hacer, los celos y el alcohol lo habían desequilibrado. Más que de lo que la madre pensaba del padre, tuve la impresión de que Michel me estaba hablando de sí mismo. El alcohol y los celos. Aquel día habíamos discutido. Al salir del trabajo, lo sorprendí merodeando borracho por la avenue Montaigne, donde estaba mi oficina. Me vigilaba. Hacía apenas un mes que habíamos decidido dar por acabada la relación, y yo creo que él quería descubrir que me separaba porque tenía otro amante, recriminarme, como tantas veces lo hizo por entonces, que, como ya no lo necesitaba porque tenía dinero y trabajo, me libraba de él: el joven *clochard* vuelve a la clase que abandonó por vacaciones. Pregúntaselo a Jaime, él lo cuenta mejor. Un día te presentaré a los comunistas de la fábrica. Me burlé: no te tomes esa molestia, Michel, conozco el paño, yo soy uno de ellos. O lo fui en Madrid. *Est-ce que ta douce maman va venir te voir?*, se burlaba. Me había oído tantas veces hablar mal de ella que no entendía que viniera a visitarme a París. Vino, aunque evité que ellos dos se encontraran. Al poco tiempo, me recriminaba que no se la hubiese presentado (te dio vergüenza) y que, sin embargo, él, además de llevarme a Lecreux a que conociera a la suya, durante meses me había albergado, me había dado de comer y vestido y hasta me había pasado *de l'argent de poche* para que pudiera gastarlo en el bar, o en el cine, o comprarme ropa y tabaco. Nunca lo dijo así, pero yo advertía detrás de sus palabras la reivindicación de los derechos que le concedía la deuda. No era mezquino, pero sus insinuaciones destilaban mezquindad. Cuando le dije que no soportaba las escenas de celos, me dijo: no los puedo controlar, son hereditarios, y había un trasfondo de amenaza en la historia de su padre que me contó. Algo así como ten cuidado, tú serás el culpable. Hereditarios los pitidos en los pulmones. Hereditarios los celos. Hereditario el alcohol. Y, sin duda —y ahí estaba la amenaza que ponía en marcha la narración—, la tentación del vacío. El alcoholismo y los celos son hereditarios, como la sífilis, dijo. Me doy por enterado, Michel, le respondí con un gesto de cansancio. Pero los celos de tu padre se debían a que tu madre había trabajado de puta para los invasores de la patria, y yo diseño para una empresa de decoración. No es exactamente lo mismo. Lo dije con muy mala uva, y me arrepentí recién pronunciadas las palabras, y esa misma noche fui al bar de los marroquíes para pedirle disculpas. No estaba allí, ni en su casa. Me sentía culpable. Michel no iba a engañarme nunca, un perro fiel (idéntico a sí mismo hasta el aburrimiento). Era el mismo *petit pays en devenu prolétaire* que me había recogido en su casa, y su trato, su exigencia de exclusiva, su afán por poseerme entero y por que yo lo poseyese en las mismas condiciones fueron así desde el primer día, sólo que a mí al principio eso me halagó, me dio seguridad, me devolvió cierto orgullo, y me libró de mi propio desamparo, y ahora ya no era así.

La primera vez. Viernes por la noche. El camarero de L'Italien me sentó en la misma mesa que a un cincuentón taciturno que sólo levantó la cabeza al final de la comida –había mantenido durante todo el rato la vista fija en el plato–, para ofrecerme *l'île flottante* que acababa de depositar delante de él el camarero que, cuando le pedí el mismo postre para mí, se había excusado diciéndome que la que acababa de servirle a mi vecino de mesa era la última *île flottante* que quedaba en la cocina. *Tarte aux pommes, fondant au chocolat, mais non plus d'île flottante.* Rechacé el inesperado ofrecimiento del hombre –muchas gracias, usted lo ha pedido antes, cómaselo–, pero él insistió: he estado dudando a la hora de elegir porque casi me gusta más el *fondant.* Al final decidimos compartir el postre: dos cucharillas escarbando en el mismo recipiente. Charlamos, hicimos unas cuantas bromas. Salimos juntos del restaurante para tomar café y un armañac en el bar de al lado. Ni se me ocurrió que yo pudiera interesarle a aquel tipo ancho y descamisado que fumaba Gitanes como un loco, pero pasamos metidos en la cama lo que quedaba de la noche de viernes. Fumamos, bebimos, y me acogí a un cuerpo cuyo armazón parecía capacitado para soportar cualquier prueba de resistencia. Puso en el tocadiscos las canciones más sentimentales de Brassens: *Par le petit garçon qui meurt près de sa mère.* El tocadiscos giraba, me abrazaba al hombre y tenía ganas de llorar, como si el niño moribundo fuese yo y él me tuviese mucha pena. Había prendido la única calefacción con que contaba la casa, un par de resistencias que luchaban con poco éxito contra la humedad y el frío de una noche de finales de noviembre. De la pared de la izquierda colgaba un gran espejo, cuya inclinación permitía ver reflejada en él la cama, los cuerpos envueltos por las mantas –notaba el suyo, ardiente, pegado al mío–, las dos cabezas, una junto a la otra, difuminadas por el humo del tabaco. Detrás, las tres macetas, el viejo armario, la pequeña estantería que sostenía un par de docenas de libros, entre ellos un recetario de cocina francesa, una gramática española, un vocabulario de *derijaa* y tres o cuatro guías de viajes. Había también un botijo de barro, un burrito de paja con un sombrero y un polvoriento abanico adquirido años antes en un viaje a Benidorm. *On reste ensemble toute la nuit?* Se rió cuando le dije que no quedaba más remedio porque yo no tenía casa. *T'as pas de maison?* No, no. Se rió: he metido en mi cama al *clochard* más elegante de París. Esa tarde me habían echado los compañeros de

73

un piso que compartía por no pagar mi parte de alquiler. Había entrado en el restaurante para pensar qué podía hacer con los francos que me quedaban: imposible alquilar una habitación adelantando la fianza de tres meses que me pedían las agencias. Pensé que, de momento –y antes de que vinieran peor dadas–, iba a cenar y luego ya vería el modo de meterme en un cuarto barato unas cuantas noches.

La madrugada del lunes lo acompañé a la parada del autobús que hacía el trayecto de Ivry, donde estaba la empresa de industrias mecánicas en la que trabajaba como matricero. Durante todo el fin de semana sólo nos habíamos levantado de la cama para comer algo, tomar café e ir bebiéndonos poco a poco una botella de calvados. Junto a la marquesina de la parada de autobús, los árboles con sus desnudas ramas de las que colgaban carámbanos de hielo. Las luces de las farolas les ponían destellos amarillentos. Por la tarde, cuando volvió del trabajo, me acompañó a la casa donde había vivido de prestado en el bulevar Ledru-Rollin y me ayudó a cargar las maletas que había traído de España, la media docena de cajas y un par de grandes bolsas que contenían mis útiles de pintor y algunos libros y prendas de ropa. Tuvimos que hacer tres o cuatro viajes. No había nadie en el piso y pude abandonarlo sin despedirme. Ni siquiera dejé una nota. Por mí, podían pudrirse el par de indeseables que me habían echado de casa sabiendo que no tenía adónde ir. De repente, quise a Michel, que estaba a mi lado, ayudándome a cargar maletas, cajas y bolsas, y me besaba y me pasaba su mano corta y ancha por el cogote. Le dije: te quiero. Le dije: no me dejes. Los brazos entre los que me protegía.

Las bolsas con la ropa, las cajas y carpetas con los materiales se amontonaban sobre el pequeño camastro plegable y ocupaban la mayor parte de la superficie del suelo en la habitación trasera del piso de Michel. En el rincón del fondo formaban un montón que casi tocaba el techo. Mientras permanecí en aquella casa diminuta apenas pude pintar. Faltaba espacio, faltaba luz. La habitación interior sólo contaba con la que ofrecía una bombilla de bajo voltaje (el contador no aceptaba más potencia), y la otra, la de la ventana que daba al patio, la ocupaban la cama, la mesa y el armario en el que Michel guardaba su ropa. Resultaba complicado instalarse con los instrumentos de pintor, encontrar espacio para desplegar las telas de cierto tamaño. De momento, no me preocupaba lo de la pintura, las telas metidas en las carpetas a falta de los últimos retoques, o a medio terminar, las que había empezado a pintar en el piso de Ledru-Rollin, las que traje de Madrid. Todo eso había pasado a segundo plano. Pensaba que el tiempo iría solucionando las dificultades, no me asustaba nadie si tenía a Michel al lado. Más adelante, además de espacio y luz empezó a faltarme el aire. Pero, ya digo, eso fue más adelante.

Cuando acabamos el traslado, se puso a besarme, hundió la cara en mi hombro y se estuvo así, sin moverse, mucho rato. Sentía en el cuello el calor húmedo de su respiración y eso me daba seguridad: él se encogía como si buscara protección y yo me sentía protegido. Prodigios de la primera etapa del amor. Engañosas prestidigitaciones de la carne y juego de disfraces (los disfraces del deseo: la flor que atrae con su brillante color al insecto). Miraba la modesta habitación, las dos resistencias eléctricas. *Par l'âne qui reçoit des coups de pied au ventre.* Quedaba fuera París, el impasible animal de hielo, las escamas rugosas de sus piedras y las afiladas pizarras de sus tejados. La noche. Vivíamos en un refugio. *Par le cheval tombé sous le chariot qu'il traîne.* La música, un aceite que engrasaba dos cuerpos desnudos, seres a los que se les había arrancado el caparazón (¿de

76

qué frágil cualidad se vuelve el hombre despojado de su cáscara textil?); larvas que, en el espejo, parecían desprovistas de estructura interna, incluso de piel, mutilados pedazos de carne que se buscan.

Fuera, detrás de las ventanas sin visillos, la humedad se condensaba y se disolvía en gotas de agua. El calor de las resistencias empañaba los cristales, marcando la diferencia entre dentro (nosotros) y el exterior: la ciudad, el mundo, con sus uñas, con sus dientes. Los muros que los propietarios coronan con pedazos de botellas rotas. Al amanecer, lo acompañé a la parada del autobús que lo llevaba a la fábrica, y aún ahora puedo ver su gesto de despedida detrás de la ventanilla, he vuelto a verlo cada vez que me separaba de él en el hospital y lo dejaba con los ojos inertes, Michel, con su chupa de cuero y su bufanda roja, la mano levantándose hasta que se pone al lado de su cara que apenas esboza una sonrisa. El rostro de un hombre satisfecho en un autobús que se desliza y empequeñece y confunde con los otros vehículos bajo la luz anaranjada de las farolas. Aún faltan varias horas para que amanezca. Arrecia la lluvia, vuelvo a la carrera a casa, me preparo otro café y dudo si meterme en la cama o ponerme a dibujar un rato.

Comíamos cerca de la fábrica. No se quitaba el mono. Veía sus dedos anchos manchados de grasa cuando partía el pan. Menú a veinte francos en una *guinguette* cerca del río, bordeado en aquella zona por extensiones yermas, graveras, depósitos de áridos, almacenes y fábricas. Un local sombrío, con largas mesas de madera sobre las que tendían manteles de papel que compartíamos con otros obreros de las industrias cercanas. Las maderas oscuras en el mobiliario y los zócalos, los desconchados de las paredes, la humedad, la barra de zinc en la que nos deteníamos para pagar la cuenta y en la que la *patronne* nos invitaba a un *café-calva* aún vuelven transformados en momentos felices. La alegría de los primeros meses abriéndose paso entre la pegajosa telaraña de los recuerdos que llegan luego. La distancia que suaviza y convierte el pasado en engañoso caramelo. El rumor de los motores de las barcazas, los gritos de los obreros de la gravera, el olor de las lilas mezclado con el del alquitrán. Pero eso fue unos meses después. *Je voudrais tant que tu te souviennes.* La música en el tocadiscos de la habitación. Michel me presentó a Jaime, su compañero de trabajo, y aquellas tardes, tomando copas en la barra, fuimos felices: las discusiones por ver quién paga la ronda en el *café-tabac* de la esquina

78

del Château, el regreso a casa, las aceras desiertas sobre las que se amontonan las cajas que sacan los tenderos para que se las lleve el servicio de limpieza, el patio empedrado, la escalera de madera que subía al piso donde yo me dedicaba a ensayar menús económicos para la cena: *andouillettes* con ensalada de lentejas, vísceras con cremas, con mostaza, con echalotas que compraba en el mercado callejero que instalaban, dos o tres veces por semana, en la acera a la que se abría el portón del patio en cuyo fondo estaba la puertecita de madera sin pulir por la que se accedía a la escalera que llevaba a nuestro piso. En el mercado aprendía palabras que no me habían enseñado en los cursos de francés, nombres de verduras, de embutidos, de peces, denominaciones de quesos, lugares de procedencia de los productos: *huîtres de Cancale et de l'île de Ré; pommes de terre Belle de Fontenay; bleu d'Auvergne; tomates des potagers du Périgord, grattons pressés; poulets de Bresse, tomme de Savoie.*

Me empeñaba en darle a lo que cocinaba un toque francés. *Moi, je n'aime que la cuisine traditionelle,* decía Michel, y yo ojeaba el libro de recetas que tenía en el estante intentando saber a qué se refería, pero a qué llamas tú cocina tradicional. Elige aquí, en el libro, pero alguna receta

79

fácil. No iba a prepararle unas *quenelles* lionesas, o un *canard à la rouennaise*, platos que, con sólo echar una mirada, se me hacía que debían de ser complicadísimos de elaborar (él no los había probado en la vida, claro está. *Le canard à la rouennaise, ça me dit quelque chose, mais c'est sûr que j'e n'ai jamais mangé. A Rouen personne ne mange ça, je t'assure*). Para afrancesarme siguiendo el modelo Michel, procuraba meterle a todo mostaza, nata y pimienta negra. Se supone que era su idea de la *cuisine traditionnelle*, embadurnar los filetes con toneladas de mostaza y, por encima, hacer girar quince o veinte veces el molinillo de la pimienta negra: se lo veía hacer cada día; y ahogar los guisantes en mantequilla, y lo que fuera en litros de nata. Yo cocinaba en ese estilo, para que le resultara un sabor familiar, más o menos afrancesado (mejor sería decir estilo *chez Michel*), aunque, cuando probaba los platos, él me decía que, a pesar de su apego a la cocina francesa, le parecían deliciosos esos guisos españoles que le preparaba. *J'ai mangé un truc comme ça à Benidorm. Oui, j'ai beaucoup aimé.* Y lo que él decía que había comido en Benidorm resulta que era mi interpretación de la *raie au beurre noir*, un atrevido debut culinario en el que había puesto gran empeño para interpretar, siguiendo paso a paso, la

80

receta –bastante sencilla– que aparecía en el libro de cocina. No conseguía convencerlo de que en España a nadie se le pasaría por la cabeza echarle mantequilla a un pedazo de raya. En realidad daba todo igual. Eran los días felices y cualquier cosa se volvía motivo de risa, excusa para empujarnos con los codos y dejarnos caer contra el muro de la cocina o encima de la cama.

Compraba un par de periódicos a diario y consultaba otros en la barra del bar en busca de ofertas laborales. Telefoneaba a empresas que solicitaban dibujantes o diseñadores, me planchaba cuidadosamente las camisas, chaquetas y pantalones de buena calidad que me había traído de Madrid, hilos que me unían con el pasado, restos de elegancia un tanto fané, toques de cierta clase, tan necesarios para abrirse paso en el mundo laboral, instrumentos con los que ayudarme a salir a flote. Cuando pensaba así, me preguntaba qué estabilidad podía tener una relación tan desigual, con objetivos tan dispares. Pero nos gustábamos, nos reíamos de las ocurrencias del otro; cuando hablaba le miraba los labios con deseo, como si me hubiera hipnotizado –aquella boca que chupaba y mordía con suavidad–, y follábamos *com-*

me des ânes bâtés, que diría el filósofo, aunque, cuando me quedaba a solas, o, por la noche, cuando lo escuchaba respirar dormido –el silbido del fuelle, la respiración que se quebraba de repente impidiéndome dormir–, me parecía percibir el runrún amenazador de la carcoma. Pensaba que íbamos a pasar un mes más así, al que sucedería otro, y otro, y aún otro más, ¿y luego? Como si aquello, cualquier cosa que fuera lo que teníamos y nos unía, necesitara una finalidad y no bastara el instante. Bernardo, mi amante en Madrid, dice que esa búsqueda de una finalidad por encima de lo que vives y te pasa es mi concepción jesuítica del mundo, estúpida búsqueda de los novísimos, del sentido de la vida, del más allá, todas esas cosas que no quieren decir nada y te enredan y te condicionan la vida. Bernardo: condena segura a la infelicidad. Te inyectan el virus de la trascendencia de niño, y se convierte en una dolencia crónica que ya no se cura. Se burlaba de mí. Al acordarme de esas palabras, apartaba con precipitación el rumor dañino de la carcoma que se empeñaba en susurrar por las noches que mi estancia en aquel lugar y en aquellas condiciones sólo podía tratarse de un paréntesis. La larva perforadora trabajaba mientras me aburría metido en casa las mañanas de lluvia, cuando elegía las verduras en el puesto del mercado o guardaba cola ante la ventanilla del banco para cobrar el talón que la noche anterior había firmado Michel, los momentos en que empezaba a beber solo en la barra del bar del guardaespaldas.

Nada es eterno, frivolizaba, y, a la vez, me defendía, me esforzaba en adoptar la posición de Bernardo, mientras me preparaba una taza de café por la mañana. El sabor de la infusión, el de los dos o tres calvados que vienen luego, ya fuera de casa: bienestar, dulce somnolencia de media mañana sentado a la mesa del solitario *café-tabac*. El tiempo se encargará de ordenar las cosas, me repetía. Dejar trabajar al tiempo. Al fin y al cabo, todo es provisional. Me adormecía ante la mesa, con el periódico abierto junto a la copa de calvados. Contemplaba el cuerpo del camarero, seguía sus movimientos. Es la vida, volvía a decirme. La felicidad posible. El prurito del deseo en cuanto imaginaba el cuerpo de Michel.

Pero la carcoma decía algo distinto. Él no aspiraba a más. Se le henchían los labios de satisfacción cuando me descubría esperándolo bajo la marquesina de la parada del autobús, sonreía, me palmeaba la espalda y me apretaba los hombros. Daba por supuesto que contaba conmigo, que me tenía a su disposición como él lo estaba a la mía. Tenía trabajo, una habitación en la que vivir, unos cuantos discos, el aparato de televisión, sus paquetes de tabaco y sus botellas de *pastis*, y me tenía a mí: el mundo giraba seguro y preciso en la cueva negra de los espacios siderales. Dentro de ese presente, sólo podía incubarse en el futuro algún *alien* benévolo.

Pasear por el centro de la ciudad los días festivos, acudir al cine, recorrer les Buttes-Chaumont, Montsouris; o el parc Monceau, donde antediluvianos emigrantes españoles (viejos exiliados de la guerra y pecios de la primera hornada del éxodo económico) iban y venían en pequeños grupos, repitiendo una y otra vez el mismo recorrido, como hacen los presos en el patio de una cárcel; tomarnos un té en la mezquita cerca del Jardin des Plantes y luego correr bajo la lluvia a cenar en algún restaurante griego de la rue Mouffetard; o –lo más frecuente– atiborrarnos de *pastis* y ricard en los bares del barrio mientras dura el dinero de la mensualidad. A fin de mes, nos bebíamos en casa las botellas adquiridas en previsión el día de la paga, y veíamos la tele desnudos, y nos comíamos uno a otro. Lo dice Lucrecio: Los amantes quieren comerse el uno al otro. Lo creen posible. Enloquecen.

84

Cuando llegó el buen tiempo, si yo estaba desnudo en la habitación haciendo alguna cosa, se sentaba en la cama y seguía mis movimientos sólo con los ojos, el resto del cuerpo inmóvil. Algunas mañanas entreabría la puerta del retrete para contemplarme bajo la ducha, y si daba la casualidad de que estaba de espaldas, se quedaba mirándome hasta que me daba la vuelta para secarme. La mayor parte de las veces yo sabía que estaba allí, había oído el crujido de los escalones de madera, el ligero ruido de la puerta al abrirse, pero seguía enjabonándome como si no me diese cuenta. Si lo sorprendía, volvía la vista a un lado como si me diera vergüenza. *Que tu est beau,* decía. *Et jeune.*

El ruido de la carcoma. La presencia de una piedrecita o de un clavo en el zapato: uno se empeña en seguir caminando con la esperanza de que la costumbre disimule la molestia que produce, pero ocurre al revés: la molestia se convierte en dolor y el dolor se vuelve insoportable. Si Michel sólo me tenía a mí –me lo repetía él en cualquier momento: *je n'ai que toi*–, yo había de-

85

cidido tenerlo sólo a él en un acto de libre albe-
drío, ¿o es que el ser humano no se construye a sí
mismo con su tozudez, con el control de sus im-
pulsos, con su voluntad?

IV

Hacía muchos años que la madre de Michel conocía al hombre con el que se casó tras la muerte de su primer marido. En su niñez habían sido vecinos en Lecreux –él vivía en una granja cercana a la casa de los padres de ella– y coincidieron durante la juventud en ceremonias religiosas, en celebraciones y bailes. Siempre la cortejó, y quiso casarse con ella, pero la mujer rechazó sus pretensiones y, en vez de a él, que le ofrecía cierta seguridad, eligió a un hombre pobre, con problemas con el alcohol, que tuvo la mala suerte de caer prisionero al principio de la guerra y no regresó hasta después de la liberación del país. Entre tanto, el vecino se había casado con la propietaria de una tienda de tejidos que murió joven, convirtiéndolo en un próspero comerciante viudo a cargo de los tres hijos que su mujer le había dado en el poco tiempo que duró el matrimonio. La tienda no sobrevivió a la antigua propietaria, ya que él, que permaneció emboscado durante toda la guerra y al final había colaborado tímidamente con el maquis, se metió en negocios dudosos que acabaron llevándolo a la ruina y a la cárcel durante tres o cuatro años. Michel estaba convencido de que su padrastro nunca había abandonado sus actividades delictivas. Pruebas: ni el reloj de oro que exhibía en la muñeca, ni el vestuario: las prendas hechas a medida —el paño inglés bien cortado, los sombreros blandos—, ni el viejo Bentley que aseguraba que le había vendido por una miseria un amigo en apuros se correspondían con su posición de modesto pensionista. De vez en cuando desaparecía durante algunos días y, a la vuelta, traía objetos metidos en bolsas con el logotipo de alguna lujosa tienda de París, o prendas etiquetadas en sastrerías de Niza o de algún lugar de veraneo del sur, en sombrererías o en tiendas de complementos de alguna de las estaciones de invierno de los Alpes.

—Cosas robadas. Es un gánster. Mi madre vive abducida por el gran gorila, el Rey Kong a quien empezó a llevar comida a la cárcel por simple supuración de piedad por un vecino desgraciado, y con el que acabó casándose para cuidar de sus hijos y evitar que lo trasladaran a un establecimiento penitenciario fuera del continente. Él la usó para eso, para evitar la Guayana, o alguna de las cárceles del Caribe francés. Consiguió un acuerdo, recurrió la deportación, alegó que era un hombre casado, con familia estable. Los amigos mafiosos untaron a algún juez para lograr que se aceptara eso y saliera de la cárcel antes de tiempo. Sus tres hijos forman parte de la banda. Basta con verlos. Un día los conocerás.

Me repitió la historia en varias ocasiones, eso sí, con variantes.

Michel no encontraba la razón de la boda en el interés de la mujer por un viudo acomodado que la libraba de una vida de privaciones; según él, había en la decisión de la madre algo más bien irracional y –por decirlo así– menos egoísta, menos sujeto a cálculo: en la versión de Michel se trataba de unos condicionantes que podríamos llamar genéticos (su puñetera manía con las herencias y lo hereditario: los pobres no heredan bienes inmuebles ni acciones bancarias, heredan taras, enfermedades, manías y sentimientos), y que se resumían en la idea de que su madre necesitaba tener a alguien al lado, alguien que cene con ella y se acueste a su lado en la cama, que la acaricie o al menos le dé calor, porque ella es *très câline,* palabra que el diccionario traduce como zalamera, cariñosa o mimosa, campo semántico que me ha resultado especialmente odioso, y aún más desde que le oí la palabrita a Michel refiriéndose a su madre y como justificación de por qué soportaba al bruto de su marido. Cosa de genética. Sí, no te rías, es algo que va en los genes de uno. Yo lo he heredado, no te extrañes, ese gen. Que Michel, a su edad, con voz de fumador de Gitanes y con el aspecto de uno de esos gimnastas maduros y un tanto fondones que aparecen en las postales de principios de siglo me dijese: yo llevo también ese gen, me hacía reír a carcajadas y, a la vez, me sacaba de quicio. Pero qué dices: tienes un físico apto para cuidar más que para que te cuiden, físico de guardia bueno (si es que esa especie animal existe) que protege a ancianas, niños y caballeros desvalidos, y, por supuesto, de bestia que ataca a quien haga falta, esos brazos, amigo, las manos cuadradas, el tórax, y, por añadidura, la complexión sanguínea, la mala leche que te brota en cuanto te llevan la contraria o se meten contigo. No sé dónde ves la melindrosa herencia de la que me hablas. Se reía, metía las yemas de sus dedos entre mis costillas, apretaba hasta hacerme daño, me cosquilleaba, me empujaba con la cadera y me tiraba encima de la cama. Decía: tengo fuerza, pero necesito dulzura, y, en ese instante, la suavidad de las palabras surgidas del fondo del corpachón conseguía excitarme. Él conocía el efecto estimulante de la escena, manejaba los detalles conmigo, me manejaba a mí –cabrón, te estás empalmando–. Repetía sus palabras en voz cada vez más baja, en ese tono con el que los adultos asustan a los niños cuando les cuentan un cuento de miedo por la noche: tengoooo fuerzaaaa pero necesitoooo dulzuraaaaaaa, mientras me humedecía con la lengua la oreja, ne-ce-si-to mu-cha dul-zu-raaaa, y era como si fuese de noche, me encontrara perdido en el bosque y alguien me dijese muy suavemente: sooooy el ooooogrrooo y te voooooy a commeeeerrrrr, y, claro, yo tuviera cinco o seis años.

Se reía. Tarareaba confusamente: *My babe don't care for shows, my babe just care for me.* Alguien le había enseñado lo que significaban las palabras que malpronunciaba en inglés. Algún ligue. En cualquier caso, digamos que me ponía caliente el modo de exposición del tema, pero me irritaba la idea que lo activaba, el contenido, el fondo de la cosa: eso de necesitar siempre a alguien sin que importe demasiado quién sea el elemento, que alguien te cuide como valor superior a cualquier otro. Cuando expresaba con toda naturalidad ese tipo de sentimientos y a continuación me abrazaba, sentía desagrado. Lo importante es tener al lado a alguien que se ocupe de ti, cerraba el asunto, y, con sus palabras, empeoraba aún más las cosas, porque yo me sentía como el sustituto de Antonio, de Ahmed, amantes del pasado de los que apenas me habló. A Antonio no lo citó nunca; si he sabido algo de él ha sido por lo que me ha contado Jeanine; de Ahmed he tenido noticias por las cartas que le leí en el hospital. Me veía a mí mismo como el calefactor que climatiza la casa después de que se le ha estropeado al inquilino el aparato que le funcionó durante algún tiempo. Un bien útil.

Las razones para que se mantuviera el matrimonio de su madre, explicadas por Michel:

—Una mujer necesita tener a alguien para quien arreglarse, ir a la peluquería, maquillarse, perfumarse. La compañía del hombre la vuelve femenina, la hace mujer: ella se entrega a alguien a quien cuidar: su hombre; alguien a quien lleva impecablemente vestido; para quien cocina y lava; cuyo vestuario mima: un hombre que lleve perfecta la ropa, bien planchada; y para quien elige el perfume que se mezcla con el olor de su piel viril. Por supuesto, va con él los domingos de paseo, a misa, a merendar en un café. En Francia es así. Si no, ¿qué sentido tiene la vida de una mujer que se siente mujer? Y cuando el hombre la acaricia, la folla, la está llevando a la plenitud, porque ella confirma que lo ha seducido, que sus perfumes, sus maquillajes, pero también su cocina y su cuidado de la casa, y las atenciones hacia la persona, y el encanto de cuanto hace, han conseguido que el hombre caiga en la trampa femenina: la planta carnívora de la que tan difícil resulta escapar. Los españoles no entendéis estas cosas. Las mujeres de tu país, sobre todo las de la edad de mi madre, son de otra pasta. Las estrategias de seducción, la higiene y la cosmética les parecen cosas de puta. No son ellas las que retienen a los maridos a su lado, sino la costumbre, la vigilancia de los vecinos, los curas. Me lo han contado los compañeros españoles de la fábrica, me lo cuenta Jaime, aunque él salió de España muy pequeño. La pena es que mi madre ha elegido mal al hombre. Y por eso sufre.

–Michel, coño. Discúlpame –aquel día se lo podía decir, estábamos de buen humor–, pero es que tú hablas más bien de una puta retirada con su chulo. Veo en las películas, leo en las novelas o en la sección de sucesos del periódico las histo-

93

rias de esas mujeres saqueadas, golpeadas y despreciadas por tipos que, a continuación, les pellizcan las mejillas como si fueran sobrinitas, les tocan las tetas, las palmean en el culo, se tumban a su lado en la cama y se meten entre sus piernas, y sollozan y dicen no sé qué sería de mí sin ti, pichoncita mía, y ese ritual me parece asqueroso. Es la peor esclavitud: acudes a suplicar a la puerta de la habitación del *maquereau* que, después de que te da una paliza, hace como que se ha cansado de ti, y hace como que te abandona para subirte la tarifa (más exigencias económicas: mejor perfume, más camisas de seda bien planchadas, tabaco más caro y mejor loción de afeitar). Uno prefiere no pensar qué es lo que solicitan esas desgraciadas. Con qué las engancha el tipo, aparte de con el miedo. Ahí se cuece algo sin duda muy sucio. No pasa nada si uno vive solo. No se puede vivir sin agua, o sin aire, pero se puede vivir sin compañía. Una mujer puede vestirse y maquillarse sin necesidad de tener un espectador en exclusiva: la calle, el baile, el cine, el café y la iglesia son estupendos teatros repletos de espectadores, y más aquí en Francia, donde la mujer goza de libertad; y desde luego sigue siendo muy mujer aunque no soporte a un marido ni le planche la ropa interior ni le compre el perfume que combina con su sudor. De amor no hablo, porque tú mismo me has contado que en esa pareja no es una palabra que se use. Los hijos del padrastro aparecían de tarde en tarde por la casa, siempre con prisas y –al menos para la madre– de improviso. Llegaban, se encerraban con su padre en el saloncito, charlaban en voz baja mientras la madre preparaba café o les servía la comida, durante la cual hacían bromas, y hablaban en voz alta hasta que, a la hora de las despedidas, volvían los cuchicheos, los ruidos de maletas que cerraban mal y los de las cremalleras de las bolsas. A Michel, desde muy jovencito, le extrañó el baile de equipajes. Descargaban una maleta roja, una bolsa gris y otra azul, y se llevaban una maleta negra y dos bolsas verdes. Cosas así. También observaba después de cada visita las mejoras en la casa, la aparición de nuevas piezas de mobiliario, y que, de vez en cuando, el padre –normalmente amodorrado ante el televisor–, de pronto, durante algunos días, se ponía el sombrero de buena mañana y salía de casa para no volver hasta tarde (hoy no vendré a comer). La madre se quejaba, miraba el reloj con frecuencia, y suspiraba: son ya las ocho, tendría que haber vuelto, porque, si se exceptuaban esas jornadas misteriosas, el padre exigía una puntualidad rigurosa, comida a *midi et demi,* cena con las ocho sonando en el péndulo del comedor. Quizá la disciplina de la cárcel le había exagerado esas manías. O simplemente era el momento en que la monótona vida hogareña le permitía exhibir autoridad. De hecho, en la segunda y última visita que, desde el sur, les hicieron los hermanos de Michel, Jean y Marie, que así se llamaban, se retrasaron jugando en el río y no llegaron hasta después de la una. Michel, la madre y el padrastro los esperaron delante de la taza de café, con la mesa ya recogida. Ha pasado la hora de comer, dijo el hombre, empujando por los hombros a Jean: en mi casa las reglas las pongo yo. Esa misma tarde Jean y Marie, que habían llegado para quedarse más de una semana, abandonaron la casa a pesar de las súplicas que, entre susurros, les dirigía la madre. Michel no volvió a verlos hasta media docena de años más tarde.

Al inicio de la guerra los habían mandado al sur, a algún lugar no lejos de Lyon; al parecer, y de un modo inexplicable, habían vuelto unos días casi al final de la contienda (una mañana estuvimos los tres hermanos subidos en el tejado, afianzándolo con alambres para que no se volara con el viento, mientras madre nos daba órdenes encaramada en la escalera de tijera. Era un tejado de paja. Nos revolcábamos allá arriba como gatos felices), se habían vuelto a marchar, y, cuando regresaron tres años después (el cuarenta y ocho o el cuarenta y nueve), interrumpieron precipitadamente su visita porque no soportaban las amenazas del padrastro. Por entonces, el hermano mayor, Jean, tenía ya quince o dieciséis años, era un hombrecito y decidió que esa misma noche cogerían el tren de vuelta a dondequiera que estuviesen residiendo. Aunque parezca increíble, Michel no sabía en qué lugar habían permanecido durante tantos años. Y yo no conseguía entender toda su dosis de cariño mezclada con tanta despreocupación: ¿cómo no te ha interesado saber si estaban en algún internado o si los acogió una familia que los trató como si fueran hijos?, ¿no os escribíais? ¿Y dices que los quieres?, ¿que tu madre les mandaba dinero? Pero no parece que los haya cuidado demasiado, ¿no crees? Más bien da la impresión de que ha sacrificado los hijos a las exigencias del nuevo marido, y se los ha quitado de encima porque al señor Kong no le apetecía tenerlos a su lado, acusaba yo a la mujer, a la que sólo he visto una vez en mi vida. Él la excusaba: la pobreza. Y yo: la pobreza no lo justifica todo. Y él: tú qué sabes. Se defendía de mis preguntas: no, no te extrañes, ni siquiera de mayor he hablado con ellos de si estaban en un sitio o en otro. Las pocas veces que hemos coincidido hemos hablado de otras cosas, del trabajo, de sus hijos, a los que he conocido y que me llaman tío (me había enseñado las fotos de sus tres sobrinos, que mientras viví con él ni le escribieron, ni telefonearon, ni dieron señales de vida; son muy simpáticos, me decía). Ellos ya eran personas mayores, tenían sus casas, sus familias, explicaba él, y yo insistía: ¿y no te ha parecido necesario saber si, dondequiera que estuviesen, se portaron bien con ellos o si los trataron mal, y cómo los marcó la separación?, si te echaron a ti de menos como tú dices que los has echado de menos a ellos, ¿nada de eso te ha importado? Y él, de nuevo: tú qué sabes. No tienes ni idea de cómo fueron las cosas entonces. Los recuerdos de Michel eran interesados, conmovedores: quería conmoverme. La culpa de todo siempre la tenía la pobreza, y una especie de indefinido temor al destino que es propiedad exclusiva de los pobres. Pero la pobreza no lo justifica todo, un sello de correos y un sobre y unas letras escritas en una cuartilla, eso está al alcance de todo el mundo, le decía yo, sin advertir que cualquiera de sus narraciones formaba parte de las estrategias de un cazador: eso no lo he podido ver, o no lo he sabido ver, hasta hace poco tiempo, entonces no detecté que estaba convencido de que apostaba lo último que le quedaba y que lo apostaba en mí. A mi edad uno está en otras cosas. No te enteras de esos detalles, no te entretienes en los matices. En cualquier caso, hablo de las cosas que alguien guarda y resultan invisibles para los demás. Cosas que imagino, o que digo por decir.

Con Michel, al padrastro se le fue la mano unas cuantas veces mientras era un niño, pero luego, quizá por miedo a la creciente corpulencia del muchacho, no se portaba mal, aunque, eso sí, le obligaba a cumplir sus órdenes, lo sometía a sus caprichos, y los domingos por la tarde se empeñaba en que fueran los tres al baile, Michel, la madre y él. Grande y torpe, daba patadas en la pista abrazado a la mujer, le tendía vasos de alcohol a Michel para que bebiera –anímate, hijo– y lo empujaba hacia alguna de las muchachas que permanecían sentadas junto a los veladores. Michel me lo contaba entre risas: cada vez que me he acercado a una mujer, he tenido la impresión de que cumplía una orden suya. Me burlaba de él: pero no has tenido ningún problema para acercarte a un millón de copas de *pastis*. Fobias selectivas. Se reía, y levantaba la jarra de cerveza para hacerla sonar con la mía: por el maldito Rey Kong de Lecreux, hoy convertido en una piltrafa de ochenta y muchos años.

–Insulta a todas horas a mi madre, la llama torpe, estúpida. No aguanto en esa casa ni media hora, pero te llevaré para que los conozcas.

Michel, desde los diez u once años, limpiaba las cuadras de los vecinos, segaba prados, almacenaba el heno, ayudaba en las reparaciones de tejados, corrales y almacenes, y su madre se contrataba para ayudar en tareas domésticas en las casas del vecindario, en faenas de lavado y planchado, y en las limpiezas generales que se efectuaban con el cambio de estación, cuando había que vaciar los colchones, tundir la lana, cambiar cortinas y visillos y ordenar las despensas; mientras, el padrastro bebía cerveza tras cerveza ante el televisor, y, de vez en cuando, se ponía el sombrero flexible y el traje oscuro y desaparecía hasta bien entrada la noche. Si, a la vuelta, se los encontraba charlando en la cocina, se burlaba: no mimes al muchacho, que ya es mayorcito. A esta familia no le gustan más que los secretos y las conspiraciones, y, claro, los sentimentalismos. Sois tal para cual. Si fuera por tu madre, me pasaría el día haciéndole carantoñas como ella te las hace a ti. Os gustan mucho los cuentos de hadas.

El folletín. En la vida esas bobadas cuentan poco. La madre lo defendía: tienes que soportarlo, hijo, en el fondo no es malo, y es generoso, ¿quién te crees que paga la mayoría de los gastos?

La imagen de Michel se mezcla en mi cabeza con la del hombre que domina a su madre, el tipo de ojos hinchados y resbaladizos a quien conocí la vez que viajamos a Lecreux. Su gordo dedo corazón sacude la ceniza del cigarro con un movimiento que me turba porque expresa una brutal capacidad de dominio y me devuelve la imagen del muchacho golpeado en los primeros años de la adolescencia, y tengo la impresión de que algo insoportable nos une a la bestia y a mí en nuestro mosconeo alrededor del cuerpo de Michel. Pero eso no lo pensé aquel día, fue una asociación que acabé estableciendo mucho después. Formó parte de la escenografía de la crisis amorosa, con su contaminante secuela de culpa. Aquel día, el Rey Kong, sonrosado y calvo, con el cinturón hundido entre las grasas de la barriga, me pareció ridículo, o patético. Michel se reía a carcajadas contándome cómo había babeado y pataleado cuando se enteró de sus encuentros con un hombre casado en la cercana Ruan:

—Es mi amigo, mi amante. Me lo follo como tú te follas a mi madre. O mejor, tú te follas a la madre y el de Ruan se folla al hijo. La misma profesión, la misma tarea los dos. Colegas. Debería presentaros el uno al otro. Si quieres os dejo solos una tarde para que cerréis el ciclo follándoos entre vosotros.

»Yo me vuelvo loco, tu hijo está volviéndome loco. Lo mato. Eso gritaba el gorila. Intentó quitarse la correa para azotarme, pero se hizo un lío y se quedó con ella colgándole de las trabillas a un lado del cuerpo. Yo lo miraba divertido, había perdido por completo los nervios. Me dijo a voces que no se me ocurriera volver a Lecreux si no era casado: convertido en un hombre. Como me eché a reír, y le dije que no se podía volver loco porque ya lo estaba, me dio un puñetazo. Lo cogí del cuello, qué se creía aquel grandullón, joderse a mi madre no le daba un derecho indefinido. Apoyé su cabeza contra el alféizar de la ventana, pegué mi cara a la suya, le restregué la nariz con el puño y le dije: hoy no te mato porque no quiero, así que me debes una vida, imbécil. Te la perdono por no ensuciarme. Estamos en paz. *Ton trou, mon trou.* Tú a lo tuyo y yo a lo mío. *Ta bitte, la mienne.*

Una relación de ese mismo estilo –en cualquier caso, menos física, no había agarrones, ni puñetazos– era la que manteníamos mi padre y yo, con más susurros furiosos y menos gritos –cosas de la clase–, pero igual de envenenada. Mi padre tenía armas más temibles que la correa y los puños: el dinero, las empresas, la herencia, la manera de ser y estar en el mundo, todo eso que parece que no importa hasta que lo pierdes. Romper con él y huir de mi madre me había llevado a París con una mano delante y otra detrás. Pero a mediados de enero del año siguiente mi madre me suplicó que volviera a Madrid. Mi viejo ogro particular había sufrido un infarto y ella quería que nos reconciliáramos. Volví de aquel viaje con el documento notarial que me otorgaba el usufructo de las rentas de dos pisos situados en una vieja finca del centro de Madrid, el importe de cuyos recibos mis padres empezaron a ingresar a principios del mes siguiente en mi cuenta del Banco de Santander. Prométeme que, en cuanto termines con los preparativos de la exposición, regresarás a casa, me suplicó mi madre, las tres manos –la de él, la mía, la de ella– unidas sobre la sábana impoluta que apenas cubría su pálida desnudez en la habitación de la clínica de la mutua, decorada con algunos cuadros cursis, un ostentoso

103

ramo de flores inodoras y butacas de piel de buey, más salita de estar de casa burguesa que cuarto de hospital. Lo prometí. Que volvería para quedarme en cuanto se clausurara la exposición. Que me haría cargo de la empresa tras un tiempo de ponerme bajo su tutela. Lo que vosotros digáis. A la vuelta no quise contarle a Michel aquella farsa y ni siquiera que en adelante ya no iba a tener problemas económicos. No me guiaba ningún ánimo de ocultación. Pero mi ausencia durante los quince días que permanecí en Madrid se había convertido en una tragedia doméstica, e imaginé que si Michel se daba cuenta de que ya no dependía económicamente de él, iba a dar por supuesto que lo abandonaría a no mucho tardar. Era su obsesión desde que le anuncié mi viaje. Refunfuñaba en cualquier momento: yo sé que esas cosas son así. ¿Crees que no me doy cuenta? Conozco el tema. No es la primera vez. Pensé que lo del dinero ya iría descubriéndolo poco a poco y habría tiempo para explicaciones tranquilas. Había sido patética la despedida en la gare d'Austerlitz: copas en la *buvette,* ojos lacrimosos y enrojecidos, labios húmedos, aleteo de presagios oscuros. De pie en el andén, volviéndose cada vez más pequeño a medida que el tren adquiría velocidad, me pareció envejecido.

Fue la primera vez que apareció el Michel desencajado y trágico que tantas veces volví a ver durante los meses siguientes. Quizá también la primera vez que se me pasó por la cabeza que vivía con un hombre casi treinta años mayor que yo. *Je sais bien que tu ne vas pas revenir.* Escondí entre mis instrumentos de pintor el nuevo talonario del banco de Santander que me había traído de Madrid. Depositaba en la caja común en que guardábamos el dinero pequeñas remesas que extraía de esa cuenta, lo que me permitía comprarme, cada vez con menos discreción, materiales de trabajo. Empezaba a darme igual que descubriera mi nueva posición económica, incluso puedo afirmar que la seguridad me concedía un suplemento de amor, aunque me daba cuenta de que no le hacía gracia ver que la cantidad que yo aportaba al fondo común era cada vez más grande. No entendía que, pudiendo irme, eligiese quedarme a su lado. Yo ponía de mi parte cuanto podía para vencer las dudas que, provocadas por la desconfianza de él, me asaltaban con más frecuencia, porque es verdad que me daba por pensar que podía vivir de otra manera, desprenderme de una pobreza que a medida que pasaban los días me parecía más impostada; en realidad, se trataba de una representación de la pobreza que tenía como fin no herir su sensibilidad. Algo así como los engaños con que se intenta mantener en los niños la creencia en los Reyes Magos cuando empiezan a sospechar que se trata de un embeleco de los padres. Pero estaba enamorado, o quería estar enamorado de él, qué más da, qué diferencia hay, querida Jeanine. Nunca he querido hacerle daño. Michel me gustaba. Deseaba su cuerpo, me hacían reír sus bromas, me atraía la carnalidad que destilaba cada uno de sus movimientos. Pasado el tiempo, no sé si lo que sentía por él era amor (qué demonios es exactamente eso, demasiadas veces lo analizamos, lo destripamos, y en ese trajín nos confundimos y acabamos por perderlo), pero sí que puedo jurar que se trató de una entrega sin resistencia, no porque no quise resistirme, sino porque no pude resistirme. Michel me atrajo, y yo, en vez de sentir que vampirizaba las dosis de energía, bondad y madurez de aquel hombre, me consideré generoso porque era joven y lo amaba, sin advertir el riesgo. Así fue, estimado Jaime: quise la soledad en el diminuto piso interior de Vincennes, la lluvia sobre los irregulares guijarros del patio, las mañanas en que dibujaba junto a la ventana, cuando notaba en la piel el calor del rayo de sol que daba sobre las macetas que Michel situaba a calculada distancia para permitirles realizar por mínimos la función clorofílica y que hicieran crecer unas hojas verdes y carnosas. Es la propiedad agraria del campesino normando, se reía, y mientras escarbaba en la tierra y arrancaba las hojas secas, sus manos siempre oscurecidas por la grasa del taller volvían a ser manos de campesino. Me gustaba la soledad entre los cuatro muebles destartalados. Era generosa la simple decisión de seguir allí cuando podía elegir marcharme a otra parte. Fue así. Al menos durante algunos meses fue así.

V

El aire, la piedra, el cauce del Sena, nebuloso *pastis* disuelto en agua, el color de la ciudad de París durante semanas enteras, las fachadas gris perla, el gris de la neblina que se prolonga y envuelve el de muelles y puentes, monocromo, húmedo y obsesivo, hasta que, de pronto, el aire se fragmenta en infinidad de partículas, y los copos de nieve componen un cuadro puntillista. Caminábamos durante horas y, cuando nos vencía el frío, entrábamos en cines, en salas de exposiciones. Michel se dormía en el cine, su cabeza en mi hombro, el aliento humedeciéndome el cuello –me levanto tan pronto–. Se aburría en las exposiciones, aunque disimulaba: soy feliz si te veo feliz, me gustan mucho los cuadros, aunque los tuyos son mejores. Frecuentábamos los bares, y cuando no nos quedaba ni un céntimo, nos metíamos en las iglesias. Michel me descubrió que muchas de las iglesias de París disponen de un excelente sistema de calefacción. Paseábamos por la ciudad y, cuando queríamos protegernos de la lluvia o del frío, nos metíamos en alguna de ellas. Acabamos teniendo nuestra ruta: Notre Dame no la pisábamos, era demasiado ruidosa, incómoda y poco discreta, siempre repleta de turistas moviéndose de un sitio para otro y sacándose fotos. Nos metíamos en la Madeleine, en Saint-Étienne-du-Mont; en Saint-Paul, muy cerca de la place des Vosges, que a los dos nos gustaba mucho; en Saint-Gervais-Saint-Protais, donde, mientras él dormitaba feliz con la cabeza apoyada en mi hombro, yo le explicaba que allí había tocado el órgano la familia Couperin. Sentados en un banco, pasábamos horas escuchando la música de organistas invisibles, leíamos periódicos y revistas y nos metíamos mano a escondidas. En las animadas calles del centro, en el bulevar Saint-Michel, en la place de la Bastille, en los jardines del Trocadero, en el espacio inhóspito de la place des Innocents (toca madera, esto fue antes un cementerio, le decía yo, que lo había leído en las guías, la plaza tiene mal fario, alguien escribió que aquí los mendigos se calentaban el culo con los huesos de los muertos), en el Forum des Halles, la multitud formaba a nuestro alrededor un nido caliente en el que nos sentíamos protegidos. Todos aquellos individuos venían en nuestra ayuda, eran materiales puestos a nuestro servicio, porque salir de nosotros mismos los fines de semana, confundirnos con la gente, reavivaba la energía que nos estimuló en los primeros tiempos y que ahora parecía consumirse. Veíamos a las parejas tontear y quererse, y nos contagiábamos de ese amor. Estoy convencido de que también él había empezado a darse cuenta de que los festivos en los que nos quedábamos en el piso el aire del cuarto se cargaba de una vibración que no controlábamos ninguno de los dos. Yo temía sobre todo los fines de semana en que no teníamos ni un franco y nos pasábamos las tardes enteras en la cama: me saturaba el contacto constante de los cuerpos y acababan por asquearme los repetidos acoplamientos.

Los días soleados paseábamos por el bois de Vincennes, nos revolcábamos en la hierba que crecía junto a un alejado lago que a diario no frecuentaba nadie (no te preocupes, bájate el pantalón, si lo hacen los que vienen a follarse a los travestis por qué no podemos hacerlo nosotros), con-

111

templábamos los gansos, que se deslizaban con la cola y las patas metidas en el agua, dejando una estela de espuma mientras movían de un modo ruidoso las alas. Era sólo un instante, el momento del despegue, enseguida levantaban el vuelo, emitían unos cuantos graznidos y se perdían por encima de las copas de los árboles. Cruzábamos la ciudad en metro hasta el bois de Boulogne, nos acercábamos al parque des Buttes-Chaumont, que, nunca supe por qué, a él era el que más le gustaba.

Mi viaje a Madrid y el alivio económico que traje al regreso supusieron el punto de inflexión en el comportamiento de Michel. Creo que olfateó los signos: la casi invisible telaraña en el muro de carga que, en un primer momento, sólo detecta el experto, advertencia de la futura aparición de las grietas que causarán el derrumbe del edificio. Yo no me di cuenta. De hecho, en el tren de vuelta me sentía tan exaltado y dichoso de poder regresar a la soledad compartida con él que estuve escribiendo durante todo el viaje en un cuaderno que compré en el quiosco de la estación de Chamartín y guardé durante bastante tiempo. Mientras el tren nocturno cruzaba una Castilla helada, escribí acerca del caprichoso (y generoso) río de la vida que nos había unido, y sobre los dos relucientes raíles por los que avanzaba el tren para volver a unirnos. Escribí también sobre ese otro río, el Sena, con el que nos encontrábamos continuamente en nuestros recorridos: suburbano en las cercanías de Ivry; triste herida entre dos barbechos en obras –los monstruosos edificios públicos que levanta Mitterrand– a la salida de la estación de Austerlitz y, del otro lado, en el quai de Bercy; el más hermoso del mundo en su avance entre las viejas piedras de la ciudad que aún me parecía la más bella de todas. Describí en las páginas del cuaderno las vías del tren como un río que nos unía: son nuestro río, van siempre de ti a mí, sólidas bandas de acero de estación a estación: Madrid-Chamartín/Paris-Austerlitz. Cosas así escribí. Nunca he tenido facilidad para la escritura, lo mío es el dibujo, los colores; y, además, no resulta fácil expresar la felicidad. Lo dicen todos los escritores. En pintura es más fácil. Mira Matisse, con esa gente que baila en una especie de corro de la patata, o los estimulantes colores de Dufy, aunque al contemplar los cuadros de ambos uno no se libra de cierta melancolía. A lo mejor porque la felicidad en estado puro ni siquiera existe. Me esforcé en anotar cosas que aspiraban a ser trascendentes e imagino que eran nada más que cur-

113

sis. No he vuelto a leerlas. Quién sabe por dónde andará el cuaderno. Ni me acordaba de él. Ha sido la carta de Jaime la que ha vuelto a traerme estas cosas. Imagino, más que recuerdo, las páginas que escribí, las reconstruyo ahora: la fraseología del amor, su retórica, su aspiración universal; pide que lo consideremos algo nacido de lo hondo de la naturaleza y, al mismo tiempo, capaz de servir como envoltorio del entero universo. Sin el fuego del amor, cielos vacíos, mares muertos, naturaleza sin flores. Esa idea que yo creo que nos contagiaron románticos y surrealistas (algo así me parece haber leído en un libro de Breton). No creo que antes de ellos existiera, aunque hablo por hablar, están los libros de caballerías, las poesías amorosas de los clásicos, yo de eso no sé gran cosa. También dicen que los enamorados se sienten responsables de la persona a quien aman, e incluso vagamente culpables de su pasado, o mejor sería decir del sufrimiento de su pasado. Eso lo he experimentado: a mí me dolía el Michel que no había conocido. Su infancia en Lecreux, la ausencia del padre, la brutalidad del padrastro, la juventud en Ruan con un hombre mayor que él en cuya carpintería trabajó durante un tiempo (le hice sufrir, yo era demasiado joven, me justificó el final de aquella

114

historia, y ahora, al recordarlo, pienso en ciertos paralelos), los desengaños, los amantes, Antonio, Ahmed: me dolía porque todo eso formaba parte de él, de lo que yo amaba, había sido profanado y tenía que redimir.

El tren que me devolvía a París recorría las silenciosas llanuras bajo una luna helada; las vías, el reluciente río de metal que nos unía, atravesaban la sierra de Guadarrama, las pedregosas estepas de Burgos, los bosques del sur de Francia. La noche estrellada lo rodeaba todo con su envoltorio lujoso. Dejar los sentimientos por escrito, guardarlos para siempre: cosas así escribí. Y lo recuerdo ahora cuando el cuaderno hace meses que desapareció y parece que hace un milenio que se esfumaron los sentimientos que posibilitaban la noche de insomnio febril y de escritura en aquel viaje de vuelta. El loco amor de los poetas surrealistas y la realidad miserable de cualquier pareja, con su egoísta estrechez de miras: tú y yo, mi vida, aquí estamos tan ricamente, y que se hunda el mundo, que a nosotros nos da lo mismo mientras permanezcamos uno junto a otro: el amor, sentimiento tantas veces paralizante, pesimista (contigo o muerto; contigo aunque sea muerto; contigo hasta la muerte) y sucio. Lo discuto con Bernardo, para quien el amor es un feliz engaño al que uno se somete de buena gana. Incluso alientas el engaño, echas leña a la hoguera si ves que decrece, dice él, puro trampantojo, reino de la arbitrariedad, y, desde luego, reñido con la lucidez de cualquier análisis, te entregas o no te entregas: fuego que se enciende porque sí y se extingue no se sabe por qué. Le respondo que no hay manera de limpiar la turbiedad inevitable del sexo. Difícil colocarlo en algún sitio, le insisto. Violencia entre dos cuerpos o de un cuerpo sobre otro. Contaminación. La topografía del amor parisino, más que con una colección de poemarios surrealistas —la retórica de los libros de Aragon a Elsa—, para mí tiene que ver más bien con las actividades del oscuro doctor Destouches, sus visitas médicas con un maletín provisto de frascos de mercurio y bismuto dispuesto a paliar los efectos del amor a través de una malla de hoteles sórdidos, cuartos por horas amueblados con cama y bidet (o ni siquiera: sólo una palangana y, con suerte, una toalla) y pisos en los que trabajan matronas con pocos escrúpulos. Hablo del amor de hace medio siglo, el de hoy es aún más tenebroso: los cuerpos con que me he cruzado por los pasillos del hospital, los que ya ni podían levantarse, tendidos y más bien abandonados en las camas, condenados sin esperanza de indulto.

¿A qué retórica podemos acogernos que nos enga-
tuse este fin del siglo XX?, ¿quién levantará poesía
de eso? En mi pintura busco esos chispazos de felicidad que intuyo en Matisse, sigo pintando ma-
rinas, sutiles paisajes otoñales y arquitecturas clá-
sicas, frontones, columnas, escalinatas, grandes
espacios bajo la vivificante luz del sur; pinto, sobre todo, cuerpos de perfección clásica en el espacio de esos paisajes y ante el decorado de esas
arquitecturas que buscaron fijar la belleza: el
cuerpo de Michel que me sedujo aparece en algunos cuadros y en un montón de dibujos, el de
los últimos días –terrible Cristo yacente de Hol-
bein– prefiero olvidarlo.

Con las primeras luces del día, el Sena apareció sólo un instante entre los árboles que corrían
paralelos a la vía. Era Ivry, donde trabajaba Michel. El tren llegaba en pocos minutos a París.
Desde el agua ascendía la niebla como una hu-
mareda. Reconocí el paisaje como algo mío, una
propiedad sentimental. Por la tarde, en el piso,
después del *café-calva* acompañados por Jaime en
el bar de la esquina del Château de Vincennes,
junto a la parada del autobús de Ivry, las sábanas
desordenadas, el cuerpo de Michel que se cierra

117

en un tenso anillo que me apresa. La carne, de un suave mármol rosado, se refleja en el espejo bajo la mía, que es más bien de color oliváceo –el color de las pieles del sur que encandilan a Michel–. Los dientes mordisquean mis dedos mientras lo penetro. Unas horas antes había escrito en el cuaderno: pienso en el cuerpo de Michel como en mi verdadero hogar, una casa en la que yo soy el único habitante. Michel es mi casa, escribí como una afirmación contra la cortedad bovina de mi padre, contra la insaciabilidad de mi madre. Me confortaba el sentimiento de propiedad: vosotros tenéis las vuestras, vuestras propiedades. Yo tengo la mía, se llama Michel, pensaba mientras soporté sus monsergas durante mi estancia en Madrid: vendrás, te harás cargo, tómate tu tiempo, no puede ser que tus primos se ocupen de, sería un escándalo si tu tío y ellos tuvieran que acabar haciendo lo que tú no, los de fuera antes que los de casa.

Je suis à toi, me dice Michel. Gime como si estuviera enfermo o drogado cuando empujo para meterme en él, y yo, también enfermo y drogado, quiero ir aún más allá, hacia un interior imposible. Es hermoso disponer libremente de un cuerpo. También da vértigo. Le pregunto si me nota dentro y dice: sí, noto que estás más

118

dentro que nunca. Veo sus ojos que expresan a la vez deseo y entrega, y yo, allí dentro, satisfago su doble aspiración. El habitante en su casa, un eficiente empleado, un orgulloso propietario.

Sólo unos días después de esa tarde, escribí en el cuaderno que tenía celos retrospectivos de quienes habían entrado antes que yo (y me esforzaba por rechazar su imagen). Los que me habían precedido. Como si se les pudiera dar marcha atrás a las biografías, necesitaba saberme propietario exclusivo. Y, sin embargo, sentía miedo cuando todo había concluido, porque tenía la impresión de que sus ojos se volvían fríos y escrutadores, posesivos, como si estuvieran dispuestos a encerrarme allí. La satisfacción sexual como trabajo de esclavo. Las rubias pestañas, casi invisibles bajo la luz, le otorgaban apariencia de fijeza a la mirada. Los definí: ojos de reptil. Lo recuerdo perfectamente: escribí la palabra *reptil,* y, desde ese instante, ya no pude librarme de lo que había nombrado. Ojos de reptil, que te miran fijos mientras tú permaneces dócilmente clavado. La cabeza gira sobre el ancho cuello, atenta, se pone de perfil, y es cabeza de ofidio, desconfiada, al acecho, pendiente del menor movimiento de la presa que quiere zafarse. Las pupilas perdían sus irisaciones verdes y azuladas y se volvían

119

amarillas, casi inhumanas. Tenían ese mismo color amarillo y esa fijeza cuando, unos cuantos meses después, nos despedíamos y él se quedaba contemplándome detrás de la puerta acristalada, a la espera de las pesadillas nocturnas que me contaba. Me atan y me obligan a ver cosas espantosas en una pantalla. Eso me contaba por teléfono cuando ya estaba casi ciego. Me ha llamado varias veces a mi casa de Madrid estas pasadas semanas para quejarse y pedir que lo sacara de allí. No he anotado nada, no anoto ya nada en mi cuaderno. Ni sé dónde para. Unos meses antes sí que anoté muchas cosas, frases que intentaban ser de amor, o de pasión, aunque a medida que las anotaba, iba descubriendo que el cuaderno no era una piedra en la que las palabras quedaban grabadas para siempre, sino una superficie fangosa en la que se hundían sin apenas dejar rastro. Pero creo que eso fue después de la visita de mi madre, o cuando decidí abandonar su casa. Unos meses antes, yo había conseguido trabajo en el equipo de diseño en Cormal, una de las empresas de mobiliario y complementos del hogar más activas en París. No se trataba de un trabajo de altos vuelos, mi ocupación era más bien la de un peón de los lápices, último mono del equipo. Dibujaba con otros cuatro o cinco desgraciados en una oficina destartalada y maloliente –situada, eso sí, en una finca lujosa de la avenue Montaigne– bajo las órdenes de media docena de jefes. Hasta que alquilé el piso y me mudé, Michel no acababa de tomarse en serio las discusiones, la tensión que existía entre nosotros; le parecía broma que yo le dijese que debíamos concedernos una tregua y que sería mejor que nos separáramos durante algún tiempo. Daba por sentada la premisa del amor como absoluto, cielo tierra infierno mar viento sol y luna, y la aplicaba a lo cotidiano. Dos que se quieren discuten, y cuanto más discuten más se quieren, decía, a ti y a mí no hay quien nos separe: una buena soldadura, en la que las materias se han fundido y mezclado y ya no se puede saber qué es lo que perteneció a una pieza y qué a la otra.

He dicho que el cambio de actitud de Michel fue a mi regreso de Madrid, y, ahora que lo pienso, creo que no ocurrió exactamente así, sino que se produjo algún tiempo después, cuando alquilé el apartamento, pero qué más da; en realidad, ya habían empezado las caras de perro antes de que me mudase, y coincidieron más bien con la aparición en París de mi madre, que debió de pensar que, una vez reconciliado con mi padre, tocaba renovar los lazos de cariño, o de sumisión, o de dominio, con los que me había atado durante años. Telefoneó, diciéndome que iba a pasar unos días en París, pero que yo no tenía que preocuparme de nada porque había alquilado una habitación en un hotelito familiar en la rue des Saints-Pères en el que se había hospedado en otras ocasiones.

Fui a recibirla a la gare d'Austerlitz, y mientras nos besábamos, sus ojos repasaban el estado de mi ropa, que era excelente: me había puesto la chaqueta de Armani y una camisa de Ralph Lauren, piezas del vestuario que me traje de Madrid y cuidaba. Detectó enseguida la procedencia: la chaqueta que compraste hace tres años es de muy buena calidad, está impecable. Claro, los italianos cosen bien. Esperó veinticuatro horas para decirme: te veo vestido como un empleado que se pone la ropa que desecha el patrón cuando limpia el fondo de armario (no dijo criado, que fue lo que tuvo ganas de decir). Muy elegante, pero fuera de tiempo. Me quedé dándole palique, hablándole en el tono que le gustaba y haciéndole las bromas que sabía que la divertían. Y oí impasible cómo me decía en francés: ¿no vas a presentarme a tu amigo?

Al día siguiente acudí a recogerla al hotel para ir al nuevo museo del quai d'Orsay, y me reí como un tonto y cambié de tema cuando volvió a insistir en que quería conocer a *tu Michel*. Todo como en un juego: ¿no estoy a su altura? Lo dijo en aquel francés de alumna de los Sagrados Corazones y veraneos en Biarritz o en Dinard o en Deauville, e inviernos en Chamonix o vaya usted a saber dónde, pero siempre en algún sitio por arriba. La veía a ella, me veía riéndole las anécdotas que me contaba de sus amigas, sus observaciones sobre comida y ropa, los comentarios acerca de cómo vestían y peinaban nuestros vecinos de mesa, de la imponente pulsera de zafiros y brillantes que exhibía la anciana de la mesa del fondo cada vez que levantaba el brazo para llevarse la taza de café a los labios, o de la torpeza —un patito sin gracia— con que caminaba sobre sus afilados tacones una joven que había cruzado ante la terraza; y no podía remediar que, mientras charlábamos, viera la escena filtrarse a través de la mirada de Michel, y, en ese trasvase, nos convertíamos en dos personajes ridículos; protagonistas de una función de Brecht o de una viñeta de Otto Dix, caricaturas de la estupidez y de la crueldad burguesas. De modo simultáneo, y en paralelo, todas mis palabras (e incluso mis pensamientos) al rozarla a ella sufrían una refracción demoledora: volvían despojadas del sentido con que yo había pretendido dotarlas: ¿lo digo?: volvían hechas trizas.

Regresé a Vincennes en el último metro, Michel ya se había dormido, o fingía dormir, me metí en la cama, me acurruqué a su lado y él alargó el brazo, lo puso sobre mi cadera y me echó la pierna encima y se apretó contra mí; con la mano me buscaba el sexo. *Qu'est-ce que maman lui raconte, à son fils? Où est-ce qu'elle l'a emmené aujourd'hui?* Me río, le cuento anécdotas: mi madre está como una chota. Les habla a los camareros de los cafés en un francés que ya no hablan ni los descendientes de Luis XIV, y los trata como si hubieran aprendido el servicio de mesa con Escoffier, cuando resulta que son muchachos yugoslavos o griegos y donde han trabajado hasta hace poco ha sido en alguna obra de la *banlieue* o cuidando cabras en una isla pedregosa. Michel no entiende la broma o no le hace gracia, o está medio dormido. Bosteza: ¿quién era Escoffier?, dice, me suena de algo *(ça me dit quelque chose).* Una de esas noches en que llego tarde me canta al oído: *cet homme inconnu qu'aujourd'hui je ne connais plus.* Y esta vez las palabras alcanzan cierta trascendencia. No sé si por la forma como las tararea o por la forma en que yo las escucho. *Il y avait ton corps et je me noyais en toi,* sigue con esa canción que últimamente se pone en el tocadiscos aunque (o porque) sabe que a mí me irrita, y que termina de tararear con un suspiro que quiere ser trágico... *jusqu'à tomber mort.*

El óptico te frota en los ojos, te hace sufrir un rato para permitirte que luego veas mejor. Un efecto de ese estilo me producen las conversaciones con ella (contaminación e influencia de las malas y las buenas compañías, explicaban los jesuitas de mi adolescencia, el contacto con las opiniones ajenas, aunque no lo quieras, impregna por ósmosis las tuyas, por eso hay que tener tanto cuidado en elegir con quién te juntas). Mientras comentamos los cuadros de Schiele en la exposición del Beaubourg, o los de Fantin-Latour en el museo de Orsay, no puedo apartar de mi cabeza la casa, mis útiles de pintor amontonados en una esquina del cuartucho trasero, la estrechez de todo, las camisas a cuadros de Michel, el reborde negro de sus uñas, el olor a Gitanes y alcohol, el sórdido bar de los marroquíes, la penuria de mi trabajo de dibujante en la oficina de Cormal. Cualquier detalle adquiere el valor de dato que puede ser sometido a análisis (demoledor, por supuesto). Mi vida –la que callo, la que no cuento porque no puedo contar– se filtra a través de sus ojos, lo que no deja de ser un instructivo ejercicio de realismo. En su afán por visitarlo todo –exposiciones, sitios de su memoria que ha recorrido otras veces con mi padre, con sus amigas–, me lleva de acá para allá sin parar de hablar, y, en ese parloteo, consigue que adquiera conciencia de que no puedo responder a ninguna de las preguntas que me hace, ni a las que quiere hacerme y, por cálculo, calla, pero que yo sé que lleva dentro, y cuya mera pertenencia al mundo de lo posible (¿es amplia la casa?, ¿tienes espacio y luz para pintar?, ¿goza él de buena posición en la empresa donde trabaja?, ¿cuál es exactamente su especialidad?) logra que me sienta como los niños que vuelven al mundo de los mayores después de jugar en la cabaña que se han construido con trapos y cartones. Lo que tengo, lo que he conseguido desde mi instalación en París, aparece frágil y, sobre todo, provisional. No puedo contarle nada que no sea inventado, ni puedo enseñarle ninguno de los lugares que frecuento, ni la casa en que vivo, ni el amigo con el que me acuesto, ni la cocina ni la mesa ni la cama.

Michel escucha música en el tocadiscos, *Rainy nights on Haussmann Boulevard,* silba acompañando a la cantante; ve la televisión tumbado en la cama, se prepara la cena, abre una lata de *flageolets* y se asa una *andouillette* a la que le añade mucha mostaza, cuece un par de huevos para comérselos a media mañana en la fábrica (lo hace a diario), se prepara la ropa para el día siguiente, se mete en alguno de los bares de Vincennes, o en la lavandería; o se para en la cola de la panadería para comprar la *baguette* de la tarde mientras mi madre y yo cenamos en algún restaurante cercano al hotel de la rue des Saints-Pères, o vemos desde las primeras filas la interpretación de Jeanne Moreau en la adaptación de una obra de Hermann Broch. La Viena de entreguerras está muy de moda en París, una gran exposición en el Beaubourg ha sido el detonante. La han titulado *L'Apocalypse joyeuse:* aquello fue una plaga moral, política, acabó siendo un gran desastre militar; hoy hablamos de una plaga física, de una enfermedad: ambas dejan un montón de cadáveres. Pintores vieneses, arquitectos vieneses, escritores vieneses, objetos decorativos originales o reproducciones: los exhiben por todas partes, en los museos y salas de exposiciones, en los escaparates de las librerías, en las tiendas de arte y en las pa-

127

pelerías. Todas esas volutas *Jugendstil,* las relucientes escamas doradas de cuadros y edificios *Secession* me traen al niño frágil que dibujaba pájaros, flores y nubes de colores y recortaba un retrato de ella y lo pegaba en un folio y lo rodeaba de una corona vegetal, hojas y flores dibujadas y pintadas con delicadeza y pegadas cuidadosamente en un folio como si fueran teselas de esas que simula Klimt en sus cuadros; y la acompañaba a los conciertos y cuando volvían los dos en taxi a casa tarareaban en voz baja la música que habían escuchado. Cuando le regalé un retrato suyo, no recortado de una fotografía y coloreado y decorado luego con algún *collage,* sino dibujado y pintado por mí, lloró de felicidad. Su hijo único. ¿Verdad que me lo contarás siempre todo? Tener a alguien con quien compartir los secretos. No sabes lo hermoso que es.

Diez años más tarde, agita una hoja de papel. ¿Esto quiere decir lo que dice? En la otra mano lleva media docena de sobres. Eso quiere decir que te dedicas a registrar cajones que no son tuyos, le respondo. Deja caer los sobres al suelo, y su cuerpo sobre una butaca, mientras se lleva las manos al pecho y estalla en sollozos: la bata floreada destaca sobre la tela del tapiz de la butaca, de un apagado verde oscuro con finas rayas plateadas. Ha doblado las piernas y las inclina hacia el lado derecho, una de las rodillas sale de la bata, animalito abandonado entre flores de seda. Acaba de descubrir las cartas que me ha dirigido durante los últimos meses Bernardo, de quien me he separado hace unos días. Me pidió: tráeme un pañuelo, anda. Y secándose las lágrimas: por fin has conseguido que yo también viva en la clandestinidad (con eso se refería a que unos años antes, en mi etapa de estudiante, me habían detenido durante unas horas por llevar en una bolsa panfletos llamando a una huelga de la construcción). Ya somos dos en la familia. Me dio pena. Pensé que nunca podría decir: mis nietecitos, esos dos ángeles con sus mechones rubios que me traen loca. Lloraba desconsolada. Intenté consolarla: mamá, pero de qué clandestinidad me hablas, si mi amigo tiene una de las mejores tiendas de antigüedades de Madrid, y un buen paquete de acciones en bolsa, y una casona medio nobiliaria en Santander, y me quiere, aunque ahora nos hayamos enfadado por mi culpa, ¿qué mejor porvenir puedes pedir para mí? Lloraba aún más desconsoladamente. Que dijera yo eso le parecía cinismo: no digas barbaridades.

En París, me compra camisas, zapatos y pantalones de marca, *delicatessen* adquiridas en Fauchon; me carga de bolsas de papel con logotipos de los que mira la gente cuando vas en metro. Con ellas en las manos, regreso cada noche a casa y, en cuanto abro la puerta, las dejo caer en el cuarto interior. Por la mañana, desde la cama, oigo los silbidos burlones *(jusqu'à tomber mort)* de Michel mientras se viste en el cuarto de al lado, a medida que va descubriendo las nuevas bolsas abandonadas en el suelo o sobre el camastro y encuentra en la nevera las latas de *foie gras* y los botecitos de cristal con un par de trufas del Périgord. Dile a mamá que no se olvide de adquirir el *pastis,* que el invierno parisino se hace muy largo, dice mientras me besa ya a punto para salir de casa rumbo al trabajo, y tararea la canción: *Non, je n'étais pas...*

El penúltimo día, mi madre elige un jersey barato en las galerías Printemps y lo extiende sobre el expositor: es vistoso, dice, atrevido, puede pasar por una prenda de marca. Pienso que quiere hacerle un regalo a la cocinera de casa, al jardinero, pero añade: aunque, claro, ¿le vendrá bien a tu amigo? Y tú dime algo, por favor. No te quedes así. Cada acuerdo conseguido contigo parece lo de Stalin y Churchill en Yalta, tira y afloja de occidentales y rusos dispuestos a no cederse ni un palmo de terreno. Le dije: supongo que el ruso soy yo. Y ella: nunca me has puesto fáciles las cosas. No sé con quién vive mi hijo y él pretende que me quede tranquila. Había empezado a levantar la voz, no mucho, lo suficiente para que media docena de clientes y un par de empleados volvieran la mirada hacia nosotros. Los franceses hablan en voz baja, ¿no te acuerdas, mamá? Tú misma me has enseñado siempre que hay que hablar en voz baja. Quieres que te trate como a una persona normal, pero las personas normales presentan los amigos a la madre, a los familiares. Tenía razón. En la vida de la gente las cosas suelen desarrollarse así. Quizá por eso, fui capaz de tomar una decisión: la dejé allí, de pie, en mitad de la sección de caballeros de los almacenes Printemps, con el jersey entre las manos. Imagino que esa noche estará marcada en su biografía como una de las más tristes. Su tumba particular. Por ponerme a la altura de su orgullo napoleónico, su amargo Bailén. Para mí tampoco fue un instante glorioso, porque me temo que lo que hice fue escaparme de la fragilidad de mi argumentario. De vuelta a casa en metro, revivía las palabras que me decía Bernardo, mi amante madrileño, antes de que lo abandonara para escaparme solo a París huyendo de mi familia, aunque, de paso, también de él: no has conseguido quitarte la mierda que te metieron en la cabeza los jesuitas, ni la culpa que te contagió tu madre con sus lloriqueos (después de lo de las cartas, nos había sorprendido un día besándonos en el salón, volvió a llorar).

Cuando, al día siguiente, pasé por el hotel a recogerla en el taxi que iba a llevarnos a la estación de Austerlitz (siempre le ha parecido más civilizado el tren –las despedidas en el andén, el coche cama, el vagón restaurante– que el avión: en el avión te tratan como un paquete, como ganado), me dio el jersey metido en una bolsa de marca (pensé que era capaz de haberse pasado la noche cosiéndole una etiqueta falsa), y, como subrayando su mezquindad, me puso en la mano el tíquet de Printemps: ten cuidado, que no se te pierda, porque me han dicho que puedes cambiarlo si no le queda bien. Íbamos en el taxi y las palabras terminaron en un sollozo. Por no volver a discutir con ella, cogí la bolsa y, a la media hora, después de contemplar cómo se volvía pequeña hasta desaparecer la manita que se agitaba en la ventanilla del tren, la tiré en una papelera del cercano Jardin des Plantes. Respiré hondo por haberla perdido de vista, pero no tenía ningunas ganas de volver a casa para escuchar a Michel. Me emborraché.

Michel, tendido a mi lado, se hurga entre las piernas buscando un placer que yo he alcanzado un instante antes. Se agarra a mí, me aprisiona con su abrazo. Con la otra mano se frota con movimientos rápidos la polla. Puedo oír el golpeteo del puño contra el vientre, el ligero saliveo de los flujos en cada movimiento. A lo mejor en otras circunstancias verlo en ese estado de excitación, escuchar esos sonidos, hubiera prendido el deseo también en mí, pero yo acabo de correrme hace un par de minutos y su abrazo me resulta más bien molesto. Además, los códigos del deseo están cambiando. *Je vais jouir, attends-moi un moment, embrasse-moi.* Dame tu lengua. Me parecen toscos los movimientos, y me parece egoísta el afán. Michel, empeñado en sí mismo, sólo atento a alcanzar su placer; si se acerca y se frota conmigo, es porque necesita el contacto para acelerar su desenlace: me besa, me mordisquea, me aprieta, respira con ansiedad en mi boca: soy utensilio. No reconozco su abrazo. *On à toujours besoin de quelqu'un.* En esa escena de amor que no concluye y hiere, me doy cuenta

133

de que representamos un juego peligroso. Quizá fue así desde el principio y yo no me di cuenta. El pánico sustituye a la aprensión. Interrumpo las caricias, lo aparto con cierta brusquedad, me levanto y me meto en el retrete, donde me quedo mucho rato bajo la ducha. Necesito limpiarme. Cuando vuelvo a la habitación Michel aún está empalmado, pero ha renunciado a correrse. Me has dejado a medias, se queja. Fuma tumbado boca arriba, con las piernas muy abiertas, los muslos fuertes y lampiños destacan sobre la sábana como los de una estatua de delicada terracota. Aunque alguna vez al referirme a ellos he hablado de mármol, no es cierto, no tienen la blancura del mármol, ni su frialdad, ni su dureza. Son acogedores, carnosos, tibios y levemente rosados. Mientras me seco, pienso que es imposible librar ese cuerpo de la contaminación del sudor, ni del aliento impregnado de Gitanes, ni de la tosquedad de sus movimientos de animal que busca placer, ni de la fijeza de los ojos sin párpados que intentan apresarme. Me visto lentamente, sin apartar la mirada del cuerpo que me atrae y repele a la vez.

Me llamó egoísta. Repitió: me has dejado a medias. Pero yo pensé que era justo al contrario: era yo quien había sufrido su egoísmo, me había sentido tratado como una cosa que se usa para obtener un fin establecido de antemano. Aunque ahora eso daba igual, me pareció que ya no tenía ninguna trascendencia. *À Paris, chacun pour soi.* Al cabo de un rato, cuando salimos de paseo al centro, al ver a toda aquella gente que caminaba por la place des Innocents (el viejo cementerio con su halo de mal fario en el que tantas veces desembocaban nuestras caminatas), no se me quitaba de la cabeza la idea de que, al margen de su nacionalidad, de su posición social y profesión, cuantos se movían a nuestro alrededor maquinaban el modo de encontrar un nido de carne en el que esconderse cuando llegara la noche. *On aime d'être aimé.* Alguien que les dijera palabras dulces y engañosas, que manipulara su cuerpo hasta conducirlo al placer. *On a besoin.* Penosas víctimas, escribí en mi cuaderno antes de dormirme. Y lo abracé con fuerza. No me dejes solo, le pedí. Durante unos días, lo abrazaba, lo penetraba y me dejaba penetrar por él. Aprendí que se podía follar sólo para pedir auxilio: quería dormirme con la seguridad que me otorgaba el peso de sus piernas aprisionando mi cuerpo, notar en mí la transmisión del calor desprendido de su piel tensa y suave. Sólo las anchas palmas de sus manos y los dedos eran rugosos y duros.

–Nadie maneja el cuentagotas del amor. Ni tú has conseguido dejar de estar enamorada de él a pesar de que han pasado treinta años de lo vuestro, ni yo consigo volver a enamorarme aunque lo desee con todas mis fuerzas –le dije a Jeanine, cuando, entrometiéndose en lo que era sólo cosa de Michel y mía, vino a decirme que él me necesitaba y no iba a poder soportar que lo dejase.

–No estoy enamorada de Michel –se defendió furiosa; lo estaba, puedo jurar que lo estaba, se ha pasado más de treinta años vigilándolo, manteniéndolo bajo su red, como si esperase que fuera a volver con ella algún día para prolongar el fugaz idilio de los dieciocho años en Lecreux–. Lo confundes todo, enredas lo que hay a tu alrededor. A él lo has tratado como algo que se puede coger o dejar a capricho. A todos nos tratas con ese desapego. Para ti somos gente sin más. A Michel le estás haciendo daño, porque él sigue enamorado de ti, aún confía a pesar de lo que le advertí desde el principio: ese muchacho es joven, ten cuidado. No pertenece a tu clase y no vas a saber cómo retenerlo. No tienes con qué hacerlo. Pero él no me hizo caso y por desgracia he sido yo la que ha acertado, y él se equivocó, aunque no lo reconoce.

Le expresé a Jeanine lo mucho que lo lamentaba:

—Lo siento, lo siento, de verdad. —Dejé caer los brazos en un gesto de fatiga, cerré los ojos y le dije que también a mí me agotaba la relación—: Ya me gustaría seguir enamorado —me quejé.

Ella volvió a insistir:

—Entonces, déjalo en paz. Vete, desaparece de su vista, cámbiate de casa, márchate del barrio.

Me sentí agredido:

—¿Y tú quién eres para hablarme así?

VI

¿Cómo hubiera reaccionado Michel si en vez de alquilar un apartamento en la misma finca lo hubiera hecho lejos de allí, en el centro de París, o, aún peor, en alguna lejana barriada de la periferia situada a decenas de kilómetros? En ese caso, lo imaginaba haciendo transbordos, pasándose horas en el metro a la salida del trabajo para merodear por mi nueva barriada, acechando la puerta del edificio, vigilando si metía a alguien en casa. Ahora, desde mi apartamento, desde la ventana del baño interior que daba al patio, veía la de su casa, y, por las noches, podía observar sus movimientos como se contempla una representación sobre el escenario de un teatro. Destacaba en la oscuridad del patio el cuadro inundado por una frágil luz amarilla en el que se desarrollaba la escena muda interpretada por un solo personaje.

139

Lo hacía a veces: apagaba la luz del baño y me quedaba allí en la penumbra, sentado en el taburete que utilizaba para calzarme. Cuando Michel abandonaba la habitación para dirigirse a la cocina o al cuartito trasero, se quedaban en el cuadro de la ventana un pedazo de cama, el espejo, el mueble del televisor y las tres macetas, decorado vacío en el paso de uno a otro acto de la función de cada noche. En otras ocasiones, lo veía llegar de madrugada y salir al poco rato para dirigirse a su trabajo, sin haberse dado tiempo más que para pasar por la ducha. Lo veía enmarcado en la ventana, secándose el pelo en calzoncillos, poniéndose una de sus camisas a cuadros –todas las que utilizaba eran camisas a cuadros– o sosteniendo la taza de café.

A los dos nos agotaba la situación; sí, a mí también, porque todo aquello hacía que me sintiera injusto: ni me veía con fuerzas para volver con él, ni, metido en aquella casa desde cuyas traseras veía el patio y la ventana de su cuarto, era capaz de apartarme de una vez e iniciar eso que los psicólogos –no sé si también en el caso del fin de una relación sentimental– llaman el duelo, y que es la fase que precede al olvido, o a la fabricación de un recuerdo con sabor a caramelo, dulce melancolía del tiempo perdido. Había empezado a tener aventuras, una de ellas más o menos estable, con un compañero del trabajo. Aunque al principio procuraba no traerlo a casa, luego se quedó a dormir algunas noches, cenábamos juntos, oíamos música, y yo no sé si Michel alcanzaba a verlo alguna vez cuando mi amigo se metía en la cocina para ayudarme o para charlar mientras yo preparaba la cena, o cuando se encerraba en el baño pequeño que daba al patio, que era desde donde yo vigilaba la ventana de la casa de Michel.

El mes de septiembre fue, al parecer, uno de los más cálidos del siglo, al menos eso decían por aquellos días los informativos de la televisión y los periódicos. La gente se tendía sobre la hierba de los parques o se sentaba en las terrazas de los bares, apenas vestida con un bañador, una gorra, chanclas y gafas de sol; en puertas del otoño, la ciudad se convirtió en una especie de macilento Saint-Tropez. De día el cielo era blanco –calima y fuego–, y resultaba difícil conciliar el sueño por la noche. Durante tres semanas perdí de vista a Michel. Me fui de vacaciones a Turquía con mi nuevo amigo (por cierto, la amistad duró menos que el tiempo de vacación). Las últimas veces

141

que lo vi por entonces, estaba con Jaime, que se había convertido en su inseparable a la salida del trabajo. Tenía la impresión de que Jaime no me miraba con la misma simpatía de antes, pero a mí su presencia junto a Michel me confortaba. Pensaba que, a su lado, estaba a salvo, o más o menos protegido. Cuando alguna vez había hablado con él, se quejaba de la ciudad caníbal que lo había capturado y cebado durante años con la intención de acabar comiéndoselo. Decía: he visto en un reportaje de la tele que los aztecas mexicanos hacían algo parecido con los conquistadores españoles que capturaban. Cebarlos, cocinarlos y zampárselos. Yo estoy ya dispuesto para que me trinchen. Me contaba que quería marcharse de París: *moi, je ne suis qu'un petit paysan normand,* decía, y expresaba su improbable voluntad de regresar alguna vez al campo, pero no a los grises campos de Normandía, sino a unos campos áridos y luminosos que situaba en algún lugar de España, Portugal o Marruecos, a pesar de *les faiseurs de bons mots, les menteurs,* que era como nos llamaba a los hombres cetrinos, la gente del sur que se supone que lo habíamos seducido con el solo fin de abandonarlo: Michel está siempre a su disposición, comprende las circunstancias –estaba borracho, parloteaba como un sacamuelas de feria–, Michel los cuida para que, en la distancia –la dura separación del emigrante–, no echen nada de menos. ¿Va bien así?, ¿está usted cómodo o prefiere acostarse en el lado de la cama que da a la pared? Dígame, dígame, no se azore, hable libremente: ¿prefiere ponerse arriba o abajo? Le advierto que peso unos cuantos kilos. Por cierto, disculpe, pero se me ha olvidado preguntarle: ¿le gustan los espirituosos de Francia? Ya sabe que somos un pueblo civilizado, incluso refinado, diría yo...

Michel encogiéndose en su raída cazadora de cuero al salir de la boca del metro en la estación de Vincennes, o cuando, de vuelta del trabajo, baja del autobús de Ivry. De noche bebe a solas en el *café-tabac*, con los ojos enrojecidos. Se tambalea ya tarde bajo la lluvia y me aparta de un codazo cada vez que intento sostenerlo para que no se caiga. Si sus amigos españoles, que se reunían en el café frente al RER, me decían que se había ido borracho, lo buscaba, y, si conseguía localizarlo, me ponía a su lado, lo cogía suavemente de los hombros, pegaba mi cara a la suya, le hablaba despacio, y él se engarabitaba, qué

143

quieres, decía, vienes a buscarme y no sabes qué es lo que quieres de mí. Levantaba la voz para que lo oyeran los de al lado: el charcutero busca esta noche carne de perro para meter en la trituradora. *Fous-moi la paix,* decía. *Laisse-moi tranquille,* y torcía por la calle de la derecha, tambaleándose en dirección al bar de aquel gigante que había sido guardaespaldas y acostumbraba a cerrar tarde su establecimiento. En cuanto se quedaba a solas con Michel en la barra, echaba la persiana metálica, y yo sentía algo que, en un principio, pensé que tenía más que ver con la rabia que con los celos, porque cuando Michel se desmoronaba quienes lo conocían sabían que se podía hacer cualquier cosa con él. Lo pienso y ni siquiera ahora soy capaz de soportar lo que esas palabras –hacer cualquier cosa con él– quieren decir.

Otras veces, en cambio, se mostraba afectuoso conmigo y me contaba sus andanzas, burlándose de sus propios despropósitos. Al parecer, desde que dejé el piso que compartíamos, empezaron a sucederse las noches en las que se gastaba todo el dinero que llevaba encima sin saber cómo ni dónde, o lo extraviaba, o se lo robaban: cogía media docena de taxis, cruzaba París de acá para allá, en busca de no se sabe muy bien qué, porque yo creo que no era sólo sexo lo que rastreaba cuando les daba a los taxistas direcciones de clubs y bares más o menos sórdidos de la periferia. De repente le pedía al taxista que parase y se quedaba solo en medio de un descampado, o en la acera de un bulevar encharcado y desierto. Canturreaba en su descabellado inglés: *Rainy night on Haussmann Boulevard*, ¿te acuerdas? Porque yo no me acuerdo de nada –se burlaba de sí mismo–. Cuando me di cuenta estaba en Belleville, tumbado en mitad de una calle que no había pisado en mi vida: ni sé cómo he llegado ni lo que he hecho, ni siquiera sé si he estado con alguien. Supongo que sí, porque las manos me olían a polla.

Yo creo que me lo contaba porque quería reencontrar el cabo del hilo con el que me guió por el laberinto de esos proyectos suyos que se le habían venido abajo. Volver al principio, echar marcha atrás en el tiempo, que el tren vuelva a la estación de partida y las agujas a la salida del andén lo conduzcan por otras vías con rumbo a otra estación de destino. Sus absurdas caminatas. Las madrugadas en las que llegaba empapado en barro, con el tiempo justo para lavarse antes de marcharse al trabajo. A veces podía verlo en el patio bajo la lluvia, peleando para meter la llave en la cerradura. No soporté nunca a ese personaje terminal que se fue apoderando de él y que, en los primeros tiempos, nada hacía presagiar. Como me pedía Jeanine, también yo quería que aquello se acabara cuanto antes. Y, sin embargo, tenía celos cada vez que se quedaba con alguien en el bar. Me molestaba que a los demás siguiera apeteciéndoles lo que yo había empezado a detestar. Me esforzaba en contemplarlo desde el lado más desfavorable, un desgraciado que viste con desaliño, un hombre mayor en el que la fuerza ha empezado a decaer y el músculo se diluye en grasa. Pero no conseguía creerme esa pesimista versión que me contaba a mí mismo; por las noches se apoderaba de mí su presencia, o al revés, se hacía bulto su ausencia. No resistía la imagen de su cuerpo entre las piernas de otro, me asaltaban imágenes de enorme crudeza en las que penetraba o era penetrado por otros. Me parecía oír sus suspiros, el ronco desfallecimiento que yo tan bien conocía. Cuando me llegaban esas imágenes, cuando revivía los sonidos, ya tarde en la noche, me incorporaba en la cama y notaba un pinchazo en el pecho y empezaba a respirar con dificultad. Quería que siguiera siendo

146

mío pero a la vez mantenerme fuera de su alcance. Se avivaba mi deseo cuando pensaba que otros obtenían parcelas de él que habían sido mías. Hacía meses que no se había reído conmigo, y sin embargo lo veía reírse con otros en el bar, hombres de mi edad, o más jóvenes. De noche, ya tarde, en la habitación, encendía la luz, miraba el reloj, eran casi las tres de la mañana. Pensaba que a aquellas horas podía estar con alguien y ese pensamiento me desvelaba. Me dolía que siguiera siendo atractivo para los demás. No soportaba que entregara su placer a los otros, pero al mismo tiempo despreciaba el que me ofrecía a mí, por quien, sin duda, habría renunciado a todos los demás. Y aquella confusión de sentimientos era a la vez incoherente y dolorosa. Algunas noches lo buscaba en el bar. Si lo encontraba, me rehuía: qué quieres de mí, decía, vienes a buscarme y no sabes qué es lo que quieres. Tenía la impresión de que algo parecido a lo que yo sentía les había ocurrido a aquellos emigrantes que nunca le contaron que eran casados –Antonio, Ahmed– y que lo habían abandonado para volver con sus familias. Las historias que me había contado Jeanine.

Se mostraba satisfecho mientras, de regreso de mis vacaciones, me contaba en la barra del bar de los marroquíes que su nuevo amigo era irlandés. Medio pelirrojo y lleno de pecas, me dijo. *C'est fini, les bruns. Le sud. Ça ne vaut rien du tout.* Cuando decía *ça* quería decir *l'ordure*, la basura que invadía Francia. Yo, sus viejos amantes portugueses, españoles, marroquíes. Había conocido a su nuevo amigo en los urinarios de la gare de Saint-Lazare *(J'ai changé la gare d'Austerlitz pour la gare de Saint-Lazare. Au revoir le sud, bienvenu le nord)* y me explicó con detalle que era un tipo suave, dócilmente pasivo, y no uno de los reprimidos machos españoles, portugueses y moros. Como venganza, se entretuvo en detallarme lo que hacían en la cama. Me echaba en cara que yo hubiera impuesto el uso del condón desde el inicio de nuestras relaciones. Nunca te entregaste, me acusaba, no puedes tener miedo de la persona a la que quieres. Eso es vergonzoso, y yo diría que inmoral. Le recomendé que no fuera estúpido, que volviera a utilizar *la capote*, que así era como llamaba él al condón. Ya me he preocupado en mi vida de bastantes cosas que no merecían la pena, respondió. Pocas semanas después, de nuevo en el bar de los marroquíes, me dijo que había roto con el irlandés. Hay la misma mierda en el norte que en el sur, me dijo. Tres o cuatro meses más tarde lo ingresaron por primera vez en el Hôpital Saint-Louis para tratarle una neumonía.

En ese tiempo nos habíamos ido perdiendo de vista, yo frecuentaba poco los bares del barrio y, cuando me di cuenta de que llevaba varios días sin aparecer por casa, incluso me sentí aliviado. Por fin empezaba la verdadera separación, el tiempo del duelo que piden los psicólogos. Pensé que se habría ido de vacaciones, o a visitar a su madre, o a vivir con algún amante, pero enseguida me telefoneó Jaime para contarme que lo habían ingresado en el hospital y que le había pedido que me dijera que le gustaría verme. Lo cierto es que las últimas veces que me lo había encontrado tenía muy mal aspecto, había adelgazado y los ojos habían perdido brillo y se le habían hundido. Empezaba a parecerse a otro. Permaneció hospitalizado poco más de una semana. Fue su primera estancia. A partir de entonces, se sucedieron las visitas hasta que lo internaron sin fecha de salida. Lo sacaron para llevarlo a Ruan, a un hospital que entendí que era de terminales y donde ha muerto hace unos días, según me comunica Jaime en la carta que he recibido esta mañana y que destila la antipatía por mí que ya le había detectado los últimos meses: con sus palabras, degrada mi papel en esta triste historia de la que en poco tiempo no va a acordarse nadie, pero que forma parte de mi vida. En el reparto de papeles, siempre resulta bastante más confortable el de amigo del alma que acompaña que el de viejo amante que abandona. Sé que es así, aunque no sé si me conformo.

Es cierto que a Michel sólo lo visité una vez en Ruan. Lo hice después de que mi vida diera un giro inesperado, cuando mi agente me dijo que se había aplazado (descodifiqué: anulado) la exposición en la prestigiosa galería de la rue Téhéran que estaba prevista para tres meses más tarde. Según él, habían surgido ciertos problemas que ni entendí ni me interesaron. Mentiras. Era evidente que, de un modo estúpido, me había dejado enredar por un estafador que, a la hora del recuento, resultó que había perdido (o vendido sin permiso; es decir, robado) unos cuantos cuadros míos y muchos dibujos mientras me mantenía entretenido en el proyecto de exposición que, desde el principio, sabía que no iba a realizarse. Ese mismo día inicié los preparativos para mi regreso a Madrid. Carecía de sentido permanecer en el estudio de Cormal, confundido con el grupo de dibujantes y esclavo de media docena de altivos diseñadores, en un trabajo en el que cualquier posibilidad de ascenso resultaba improbable. Aquí en Madrid cuento con las rentas que me ha cedido mi padre, y, además, trabajo en su empresa algunas horas cada día y dedico el resto del tiempo a la pintura. En el piso de Bernardo dispongo de un par de habitaciones luminosas donde hacerlo.

El día que acudí a Ruan para decirle que había tomado la decisión de regresar a España, bromeó, se esforzó en reírse moviendo los labios cubiertos de llagas, y, con su voz de vieja acatarrada, me narró tres o cuatro anécdotas divertidas, cotilleos picantes de la fábrica o del vecindario de Vincennes que le contaba semanalmente Jaime, y unos cuantos chistes de humor macabro, que se referían a la enfermedad y a cosas ocurridas en el hospital. Se rió mientras me contaba que, a pesar de que estaba con más de medio cuerpo en el más allá, al parecer la parte inferior aún seguía en tierra, porque –lo dijo entre risas–, aunque no puedo ni moverme, aún empalmo y me la meneo. Nada fue igual en el momento de la despedida. En cuanto dije que había llegado la hora de marcharme si no quería perder el último tren de regreso a París, se acabaron en seco las bromas. De improviso, en un rapidísimo movimiento, alargó los brazos, los tendió hacia mí y se me agarró al cuello con una fuerza inesperada en aquel cuerpo reseco. No me dejes aquí, gemía. Sácame. Apretaba la cara contra la mía y sus lágrimas me empapaban las mejillas y el cuello. Tengo que irme, Michel, balbuceé. Lo hablaremos más tranquilos otro día. Atrapado por los huesos de sus brazos, mojado por sus lágrimas y por sus mocos, se apoderó de mí una tremenda angustia.

No me dejes, suplicaba. Me hacía daño, me clavaba las uñas en la espalda. Voy a perder el último tren, insistí. Y, para librarme, me vi obligado a separar con cierta violencia los dedos que me había hundido en los hombros y a tirar con fuerza de sus brazos hacia arriba. Tengo que irme, repetí varias veces con una voz suave que pretendía excusar la brusquedad del gesto con que lo había apartado. Insistí: volveré y encontraremos el modo de que te vengas conmigo a España para reposar durante algún tiempo. Lo haremos así. Se agitaron un instante sus brazos y piernas, descarnados como patas de insecto; luego se quedó inmóvil, dejó caer la cabeza sobre la

almohada y empezó a sollozar de manera entre-
cortada, con un gran pesar; y los sollozos se convirtieron en pocos segundos en un lamento inin-
terrumpido que fue creciendo de volumen, ocu-
pó la habitación y me siguió por los pasillos del
hospital mientras me dirigía hacia la puerta de
salida.

*Valverde de Burguillos, octubre de 1996 -
Beniarbeig, mayo de 2015*

ÍNDICE